# 吴昱诗文集

吴　昱／著

WUYU

SHIWENJI

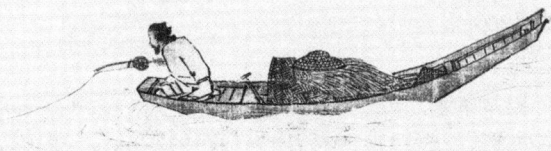

敦煌文艺出版社

## 图书在版编目（ＣＩＰ）数据

吴昱诗文集 / 吴昱著. -- 兰州 ： 敦煌文艺出版社，
2022.12
ISBN 978-7-5468-2276-1

Ⅰ．①吴… Ⅱ．①吴… Ⅲ．①散文集－中国－当代②
诗词－作品集－中国－当代 Ⅳ．①I217.2

中国版本图书馆CIP数据核字(2022)第226316号

**吴昱诗文集**

吴昱 著

责任编辑：张家骊
封面设计：马吉庆

敦煌文艺出版社出版、发行
地址：（730030）兰州市城关区曹家巷 1 号新闻出版大厦
邮箱：dunhuangwenyi1958@163.com
0931-2131397（编辑部）
0931-2131387（发行部）

武汉鑫兢诚印刷有限公司印刷
开本 710 毫米 ×1020 毫米 1/16 印张 28.25 插页 3 字数 320 千
2023 年 6 月第 1 版 2023 年 6 月第 1 次印刷
印数：1 ～ 1 700 册

ISBN 978-7-5468-2276-1
定价：98.00 元

# 自 序

活过总该留点什么。

有句老话：生不带来，死不带去。其实人活一辈子，不仅生不带来，死不带去，就是想在活过的这个世上留下一点东西也是很难的，虽然有人留下了万贯家财，甚至留下了一方江山。但世事沧海桑田，过个几年几十年或几百年。你留下的那个万贯家财或者一方江山，保准是白茫茫大地一片真干净了。但有一种东西例外，就是文字，李白斗酒诗百篇，过了上千年，李家的大唐早不是李家的了，但李白的诗还是李白的诗。

意识到这一点的时候，我已经40多岁了，从那时起，对生活中大大小小的事情，就有意地用各种文字体裁记录下来，或许是一首诗，或许是一篇小文，也或许是一首词。这些诗词文水平高不高？我以为一般，甚至在平仄韵上有许多硬伤，贻笑于大方。但一般归一般，那毕竟是我的亲历亲想，真情实感还是有的。

当然记录下来也不等于能像李白一样流传百世，但至少自己能证明自己在这个世上活过，待耄耋垂垂，翻翻这些东西，往事历历，想必是很有意思的。进一步，如果有幸传到了下一代、下下代手里，后来人们翻一翻，他们也能感知到这个时代的一树一叶，一山一水，或许会感叹一句：这老头有点意思。

# 目 录 | CONTENTS

## 词

## 现代诗

# 古体诗

## 感　念

### 泉之禅

泉推重浪势如山，
潭深静流化无形。
莫道潭水大智慧，
潭深有尽泉无穷。

2014 年 2 月 7 日

# 初春早晨

卓卧残雪霜满杖，
初春料峭风细细。
云蒸霞蔚蜃楼景，
最冷太阳出工时。

2014 年 3 月 5 日

# 生态园晨练一景（一）

桃株灼灼艳如霞，
连翘缤纷乱蝶飞。
花红虽好无百日，
柳着风雨姿更媚。

2014 年 4 月 11 日

# 生态园晨练一景（二）

清晨生态园，化香鸟语，花丛间，一对戏迷操琴练声，一板一眼，甚是有趣。

喜鹊枝头鸣翠柳，
戏痴一声驸马爷。
丝竹声声穿云霄，
直把梅花比香莲。

# 风筝

朗朗晴空飞大鸟，
乘风欲上九云霄。
无形羁绊红尘牵，
长綾空垂志难高。

2014 年 4 月 20 日

# 花之吟

春催百树发，花香盈满枝。
姹紫嫣红色，顾盼各有姿。

春去渐枯萎，夏至零落泥。
不求百日红，只为孕果实。

伊人好樱桃，贵妃爱荔枝。
硕果累累日，谁忆花开时。

青春固美好，老来亦自得。
葬花暗思忖，此亦我归宿。

2014 年 4 月 23 日

# 生态园偶感

　　下午在生态园散步，忽乌云密布，狂风大作，一时间雨疏风骤，百株借风起势，尽显狂态。联想到昨日与春阳的一些对话，忽心有所感，作小诗一首为记。

日暮云稠风乍起，
柳媚杨狂百草低。
任尔东西南北风，
松柏高节巍然立。

2014 年 5 月 9 日

# 结构·力学的哲学诗意

强柱弱梁巧安排，高楼大厦齐峰巅。
四两拨得千斤力，一指能顶半边大。

凡力皆有三要素，大小方向作用点。
冲切拉压弯剪扭，风雪地震想周全。

构件布置细考究，配筋多少仔细算。
砖混框架剪力墙，结构形式第一关。

坚如磐石混凝土，柔若青丝数碳纤。
刚柔相济巧搭配，古寺能在空中悬。

裂缝挠度要控制，板厚梁高两相担。
力虽无影亦无形，万事它有决定权。

结构三维是整体，空间受力互肘掣。
最忌小处管窥豹，胸中没有大局观。

结构设计非儿戏，房屋安全命关天。

若问何为结构好，均衡适度不极端。

体力脑力和财力，人生最惧无力感。

有力还得方向对，不然人生易跑偏。

世界万物皆如此，没有结构无方圆。

君若悟得结构美，生活处处皆和谐。

2014 年 5 月 30 日

# 午后生态园

午后日照斜，
花残青果新。
对坐戏蚂蚁，
你侬我亦侬。

2014 年初秋

# 秋日捡落叶一枚

曾与春风逗媚趣，
沐日润雨凝翠璧。
秋来落金飘然下，
不学麻雀恋高枝。

2014 年 10 月 30 日

# 闲心观雪图

天地留白大写意，
气象万千两色分。
冰衔寒枝皆琼瑶，
雪覆大河渺无垠。
孤野农家三两点，
远山层峦几墨痕。
雾凇沆砀鸟飞绝，
独缺钓雪蓑笠翁。

2015 年 1 月 29 日

# 2014 年冬初雪

天地一白万籁安，
车缓人稀野鸭眠。
谁道冬至无好景，
手捧雪团似白莲。

2015 年 1 月 30 日

# 清明雨搅雪（二首）

今晨起，雨雪满天，阴云密布，清明将至，片片雪花，像祭奠先人的纸钱，漫天飘洒；落地，化了，湿了，又像苍天为人哭泣的泪，不胜伤感。

## （一）

清明雨搅雪，

天公也大悲。

忽雪又忽雨，

纸钱伴泪飞。

## （二）

阴云密布满天愁，

忽洒雪花忽泪流。

天公也祭先亡人，

漫天纸钱给谁收。

2015 年 4 月 2 日

# 晨雨偶得

雨细草翠清波寒，
花褪残红青果新。
风催后浪推前浪，
花无色时果正红。

2015 年 5 月 9 日

015

# 初夏御河一景

微风轻拂半河皱，
夕阳晚照满河红。
我欲问河深几许，
一石惊碎半河灯。

2015 年 5 月 30 日

# 2015 年第一场雪

秋风横扫百草瘦，

一夜瑞雪千树肥。

琼枝玉叶天妆成，

雪泥鸿爪野兔追。

雾锁古城更苍绝，

灰雀雪蝶两纷飞。

嫦娥舒袖施魔法，

农家茅舍成瑶台。

2015 年 12 月 2 日

# 春来感怀

鹊搭暖巢一树高，
老枝逢春也争俏。
碧柳依依织烟萝，
新草尖尖露嫩角。
蓝天丽日和风畅，
青山绿水着意娇。
我愿拜师堤边柳，
历尽风雨不言老。

2016 年 3 月 20 日

# 塞上四月天

## ——乘车出行

烟笼四野树临风，
草色遥看碧波平。
农家妇人荷锄出，
垅上漠漠一点红。
塞上四月俏娇娘，
风裁细柳地孕种。
天地造化皆有意，
风物无情却关情。

2016 年 5 月 19 日

# 夜雨涤浮尘

夜雨涤浮尘，晨起气象新。
雨过地皮湿，日出映霓虹。
新草衔露珠，镜湖照凉亭。
踱步近观花，极目远眺云。
广场舞曲喧，清肺起歌声。
游者皆怡然，大树唱和风。

雨足草木柔，枝头喜鹊鸣。
缤纷连翘开，绿稠伴肥红。
萋萋三寸草，丝丝织锦坪。
人皆言大美，谁知寸草心。
不嫌贫瘠地，不羡百花红。
滴水泉涌报，不负雨露恩。

2016 年 6 月 29 日晨

# 生态园夜行

酒醺蝉鸣夜风凉，
同窗三两话短长。
暮霭重重疑无路，
遥望北斗在前方。

2016 年 8 月 12 日

# 秋之韵

人老常怨秋来早，

却道秋姑才懂俏。

春吐嫩绿太幼稚，

风拂弱柳显轻佻。

落叶归根大气魄，

秋染霜红更风骚。

放眼层林斑斓色，

独爱风起落萧萧。

2016 年 10 月 24 日

# 塞上三月一景

一道朝晖铺水中，
半河清波半河凌。
细波层推风吹皱，
寒冰滴露日消融。
露滋衰草拔青节，
雪压老枝润幼茎。
塞上三月好景致，
雪花蝶飞戏春风。

2017 年 3 月 24 日

# 春意乱

柳娘垂丝千绦绿，
杏姑一夜尽芳菲。
暖风轻吹花枝颤，
一团红晕媚为谁？
日落天凉青衫薄，
风静人稀老鹊归。
月上枝头无人约，
嫦娥寂寞洒清辉。

2017 年 4 月一个临近黄昏的下午

# 红楼一梦

## ——观小戏骨红楼梦

俗世半百爱浊酒，
乐见财旺加紫衣。
红楼一梦好了歌，
黛玉灵眸洗心脾。
垂髫稚嫩小戏骨，
一颦说尽人间事。
常爱自炫人老到，
今知成熟最无耻。

2017 年 10 月 19 日

# 看菊

节令天驱人易老，
秋尽冬至遍地黄。
雨巷垂帘空寂寞，
长堤衰柳满凄凉。
昨曾放眼夭夭色，
今忽触目片片霜。
艳娇终究柔无力，
最爱清菊霜中香。

2017 年 11 月 7 日

# 冬日鸟语

大雪覆长河，白阔如宣纸。

凭栏欲提笔，了乱空无诗。

六桥通八方，车突各东西。

冬寒万物休，唯有人役役。

忽见枝头鸟，啾啾又唧唧。

呼啦一大片，枝头斗鸟语。

忽儿相戏谑，忽儿傍地飞。

悠然高枝落，闲看万家炊。

设想有来世，愿与鸟同类。

放下功名事，随心任我飞。

2018 年 1 月 12 日

# 大同美

日斜金光落，
风起大同蓝。
纸鸢乘势飞，
白霰耀双眼。
劝尔别多情，
造化自有缘。
万物皆安好，
石人也缱绻。

2018 年 1 月 19 日

# 大自然的风花雪月（二首）

## （一）

阳春白雪最温柔，

落地无声春水流。

最是多情堤边柳，

早有春芽绽枝头。

## （二）

堤柳春情寒难抵，

嫩芽初露挂琼枝。

雪花蝶飞更风骚，

大河无声真君子。

2018 年 3 月 17 日

# 御河夜话（一）

苞蕾粒粒心可期，
明早灼灼绽芳菲。
鸟宿更深明月夜，
正是桃花吐香时。

2018 年 3 月 27 日

# 御河夜话（二）

饭足步健穿柏林，
绿枝深处泛桃红。
灯下绰绰如私语，
桃花一枝笑春风。

2018 年 3 月 28 日

# 御河夜话（三）

枝头轻风弄疏影，
月下桃花送暗香。
临河顾盼闲斟句，
最是一天好时光。

2018 年 3 月 29 日

# 御河夜话（四）

日落风静河水平，
镜鉴九天映霓虹。
远近纷繁渐迷眼，
清静方知万事空。

2018 年 3 月 30 日

# 御河夜话（五）

垂条轻舞风细致，
长河孤灯映涟漪。
众生都是有情物，
梅吐暗香情最痴。

2018 年 4 月 20 日

# 天公送大礼

## ——记清明大雪

天公送大礼，雪厚土地肥。

野苗拔青节，琼枝衬翠微。

天高云密厚，地阔漾春水。

万物如酥润，千彩百姿态。

红妆最妖娆，素裹亦娇媚。

雪压松柏直，风拂玉蝶飞。

北国大气象，最喜雪中梅。

色不随风去，香自苦寒来。

天公有正气，天公有大爱。

做人当如斯，不负天公美。

2018 年 4 月 5 日

# 纯阳宫小憩

九曲回廊抱垂柳，
清泉入池映桃花。
居心无物养清气，
信步沐阳胜品茶。

2018 年 4 月 11 日

# 小草褪衰衣

小草褪衰衣，
旧燕衔新泥。
落叶已入土，
老树发新枝。
春来万物好，
唯吾日渐老。
逡巡春日里，
恍若青春归。

2018 年 7 月 5 日

# 秋叶之歌

——写在 2018 年重阳节

春来发幼芽，鹅黄日日新。
风剪纤纤姿，着绿叠叠荫。
细雨潜入夜，春色满江城。
酷暑倏忽至，叶肥绿更浓。
风吹翩跹舞，雨敲滴和声。
午燥蝉鸣急，乘凉老树荫。
秋凉寒霜降，老叶渐飘零。
生虽已苦短，老却更从容。
秋风乍起时，华然落缤纷。
我爱春叶绿，更爱秋叶红。
不恋挂高枝，淡然落泥尘。
归去当如是，回眸更惊鸿。

# 雪落车自缓

约同窗小聚，遇雪未果。

雪落车自缓，约伴归乡迟。
冬寒宜饮酒，独缺一知己。

市井多浑浊，地白心窃喜。
开窗接飞雪，清风浸心脾。

雪来人自闲，劳作常如蚁。
天公有大善，劝君行徐徐。

好事总多磨，莫负风花时。
约个放晴日，再聚也不迟。

2019 年 11 月 30 日

# 冬日一景

枯枝无着落孤鸟，
塔吊冬闲空垂条。
夕阳送我三分暖，
我问孤鸟一声好。

2020 年 1 月 3 日

# 观雪一禅念

古城一夜尽飞白，
寺宫禅柳更多姿。
远山近郭素妆扮，
市井商家嗔客稀。
精灵漫洒悄叮咛，
车缓脚慢事不迟。
俗事常生无名火，
雪水一壶沁心脾。

2020 年 1 月 6 日

# 夏日独坐

夏深雨稀青草疲，
波光微芒柳依依。
曾喜小径桃株艳，
忽悲粉瓣已成泥。
老眼爱叹春去早，
青果却恨成熟迟。
世事总归无奈多，
我欲冲冠发已稀。

2020 年 6 月 16 日

# 中秋夜感怀

桂月过半中秋时，黄叶飘零霜落枝。

遍野秋色多感慨，春华秋实惜少时。

枝残叶败休说孬，花红柳绿切莫痴。

谁人没有十年少，硕果累累能有几？

人生自有始和终，少时绽放老枝低。

2020 年 10 月 1 日

# 二月赏雪

春风欲剪柳叶眉，
二月雪花挂琼枝。
剪前总要细洗梳，
静待四月绰约时。

2021 年 3 月 18 日

# 二月春早

天光明鉴开冰河，
烟柳氤氲渐袅娜。
园农松地待撒种，
南雁归来筑巢忙。
春风得意须勤快，
时光大好莫蹉跎。
山桃爱美总任性，
含苞待放等哪个？

2021 年 3 月 25 日

# 十五又十五

十五又十五，已度几中秋？

数完两只手，又数脚趾头。

欲数欲零乱，欲思欲添愁。

一思亲人故，二愁时光流。

恍恍事无成，白发已上头。

人间事难全，圆缺常无由。

月缺有圆时，人缺再难留。

抬头望明月，无声洒清幽。

2021 年 9 月 21 日

# 无题

凤眼灼灼渐有思，
秀发如瀑日日稀。
时光最是无情物，
老妪原是黄花闺。

2021 年 10 月 20 日

# 2021 年第一场雪

天空飘银丝，鹊绕树枝低。

乡野一夜肥，行人皆垂垂。

细雪积盈尺，事久可为功。

世上无难事，只怕有心人。

2021 年 11 月 10 日

# 春日印象

河开水流急，气温回暖迟。

大鸟春心动，咕咕浮冰立。

忽而比翼飞，忽而交颈戏。

想问那两只，你俩谁追谁？

2022 年 3 月 28 日

# 情 谊

## 2008 年除夕夜

毕业二十载，想念与日增。
新春发邮件，祝福同窗人。

同学三十二，如今各东西。
廿年未见面，见面可相知。

你在美利坚，他在加拿大。
无论走到哪，根都在中华。

时光如白驹，过隙一瞬间。
遥祝同窗友，健康又平安。

祝君事业成，祝君好福气。
女有好丈夫，男有好妻子。

再过二十载，都是花甲人。

昔日小帅哥，转眼白头翁。


钱财身外物，友情才是真。

日后常联系，天涯若比邻。


——吴昱祝各位同学新春愉快！


除夕夜凌晨2：00

# 追思（和满富）

## （一）

昨夜无眠又酣眠，梦里梦外情思牵。

梦里少年成追忆，梦外情结梦中圆。

## （二）

万种风情无须诉，岁月蹉跎莫叹苦。

离思欲远情欲浓，最想黄糕炖豆腐。

2015 年 1 月 30 日

# 包饺子

——贺天津同学饺子宴成功并赠汪泳同学

青葱香料细细剁，

面杖轮转饺皮薄。

沸汤煮就千种味，

双手掬出心一颗。

莫说君是远道客，

树高千丈根难挪。

世间珍馐皆品遍，

难比水饺刚出锅。

2015 年 1 月 30 日

# 为毕业三十周年聚会预热

梦中常见青梅笑，
倏忽一别三十年。
弱冠男儿生白发，
豆蔻女子皱纹添。
常忆同窗共剪烛，
犹记黑灯笑卧谈。
伊人长发谁盘起，
旧票能否登客船?

2015 年 2 月 1 日

# 赠传雄

大雪掩去千般色，
月季撒娇一点红。
家里家外两重天，
塞内塞外景不同。
花红色好无百日，
雪沛景美难长存。
日出日落轮回转，
我有阴时君有晴。

2015 年 3 月 9 日

# 同窗三十年

昨天酒桌认识一位书法家同学，叫李春雷。大家提议李同学给各位写幅字，书写内容由我来拟。今作五言一首，征求大家意见，欢迎大家批评指正。

寒窗苦心求学问，
窝头暖胃养精神。
金榜功名几人得，
乐享卅后酒中情。

2015 年 5 月 26 日

# 游左云旭金林牧

——并致谢畅世杰同学

白云剔透天幕垂，

碧空湛蓝一如洗。

日斜露重牧羊归，

幼羔跪哺布谷啼。

乐见世杰有所成，

旭金林牧抢先机。

规模经营集约化，

羊肥苗壮果累枝。

改革开放四十年，

富者穷者皆不易。

先富当作领头雁，

莫负邓公殷殷期。

同窗把酒话当年，

晚风习习如私语。

浩瀚星河金钩月，

农家生活堪赋诗。

# 吃饭

## ——记老九同学来同

南方飞来一只鸟，
自言粤地人土豪。
酒过三巡不吃菜，
闷头戳屏发红包。
酒色财气皆虚无，
酸甜苦辣谁能少。
明天鸟人又要飞，
拜托嫦娥问君好。

2016 年 4 月 9 日

# 阳光绽放

——贺阳光车城盛大开盘

脱皮掉肉三百天，

开盘大吉喜滔滔。

车城华美皆盛赞，

谁知一路尽苦劳。

一天当作三天用，

三重大任一肩挑。

阳光绽放指日待，

车市航母已起锚。

2016 年 8 月 28 日

# 赠李林安同学

你我都是寒门子，
求学及第实不易。
常羡贤弟勤好学，
亦叹胸中有大局。

温文尔雅任劳怨，
周到安排心如丝。
百事缠身君最累，
还忧愚兄归途迟。

念念不忘君诚意，
天道酬勤有报时。
为人师表硕果丰，
桃李不言下自蹊。

# 赠男同学（八首）

## （一）赠权勇民同学

女人都爱大鼻子，
贤弟刚好鼻子大。
男人只要本钱好，
走遍天下都不怕。

## （二）赠郑连成同学

山东一大汉，
膀阔腰又圆。
情窦初开早，
情贞比铁坚。

女靓妻子贤，
幸福一家子。
家有花三朵，
偏爱哪一枝？

迢迢高速路，

滴滴辛苦汗。

修路二十年，

地球绕一圈。


君虽年龄少，

中庸人哥范，

人生多修行。

事缓则能圆。


## （三）赠涂中才同学

古人守株逮住兔，

我和涂子睡一屋。

这个涂子太狡猾，

不学力学玩心术。


## （四）赠焦中华同学

总是留个汉奸头，

笔体狂草心至柔。

有心抱得美人归，

无奈美人他乡游。

## （五）赠贾小宝同学

走路像面条，
说话像猫嚎。
脑瓜挺好使，
就是不着调。

## （六）赠赵振山同学

看似像明星，
其实一玩童。
牵上万晶手，
把我赶出门。

## （七）赠汪泳同学

七尺男子汉，
胸怀天地间。
心中有大爱，
国籍非羁绊。

拳拳游子心，
慈母手中线。
中华养育我，
岂能无挂牵。

常忆儿时苦，
求学亦艰难。
幸有助学金，
助我渡难关。

世间多不平，
山姆太贪婪。
美元加大棒，
到处点烽烟。

泱泱我中华，
历史五千年。
落后任人宰，
凭谁能发展。

愿君多保重，
身强体亦健。

待到重逢时，
把酒话月圆。

## （八）赠邢晖同学

皎皎一男儿，
爱言风韵事。
本是柳公心，
误作纨绮子。

居世多屯蹇，
漠漠人世间。
常叹人情冷，
亦感君心热。

人生譬朝露，
得意须尽欢，
来年把酒时，
对饮醉不还。

# 赠女同学（八首）

## （一）赠万晶同学

天上有颗星星，
地上有个晶晶。
晶晶爱上山山，
山山爱上晶晶。

## （二）赠解冬梅同学

此女姓是多音字，
名字里边有冷气。
冬日梅花没见过，
毕业以后无联系。

## （三）赠武景雁同学

大雁掠长空，

不恋红尘景。

飒爽一女子，

豪气盖武生。

## （四）赠朱丹彤同学

彤彤红日升，

丹霞映碧空。

朱家奇女子，

十六跃龙门。

## （五）赠毛毳同学

一毛二毛三四毛，

笑眼弯弯心气高。

书山有路勤为径，

秀发配戴博士帽。

## （六）赠甄小青同学

清清一小溪，

婀娜亦多姿。

回眸百媚生，
憾落东南枝。

## （七）赠陈丽同学

陈年老酒味最浓，
中原女子最多情。
秀外慧中最美丽，
教书育人最光荣。

## （八）赠屈秋雅同学

最美不过秋天色，
绿肥红瘦景致雅。
屈家有女性聪慧，
焦儿一见就迷傻。

2016 年 11 月 2 日

# 无题

## ——记白震春阳母校行

学长当年跃龙门，
学弟今日如当初。
始信书有颜如玉，
从此发奋苦读书。

2017 年 11 月 19 日

# 拜见作家曹乃谦

病躯瘦弱更清癯，
枯指弄弦有妙音。
久仰先生多才艺，
一见肃然敬十分。
琴棋书画信手拈，
一睹从文著等身。
最敬先生有雅气，
长歌弄箫唱酒风。

2018 年 2 月 5 日

# 母校行

## ——毕业三十周年记

年过五十力渐衰，
天大百年更精神。
高楼巍峨云比肩，
华屋卓然史厚重。
卅前孜孜求学地，
而今莘莘后辈人。
故园踽踽问太雷，
老夫可污北洋名？

2018 年 7 月 8 日

# 冬日春意

## ——贺《纸上蝴蝶》诵读会圆满成功

花丛翩翩蝴蝶飞，

十八佳丽逢生辉。

环肥燕瘦有姿色，

莺声和风好口才。

蝴蝶恋花尽心力，

飞花感时笑带泪。

最是古城景致好，

冰封时节春意醉。

2018 年 12 月 3 日

# 朋友小聚

半桌丑男半桌伊，
风群交杯逗君趣。
半百虽已知天命，
酒到酣时话更痴。

注：风群是一个微信群

# 给桂桃摄影点赞

疏枝半月本无奇，
残雪映灯寻常景。
世间美丑皆虚相，
全凭一颗美人心。

2019 年 12 月 3 日

# 记二院青年团建二十行

春来米庄正好耍，风暖水柔岸柳斜。

青年组队搞团建，老夫乘兴蹭吃喝。

临湖烤串小鲜肉，下酒配菜老黄瓜。

把酒御风吃火锅，支桌临河来搓麻。

老瓜刷漆难装嫩，鲜肉烤老不塞牙。

人老终归要服老，归途困顿身忕乏。

地产基建似狂魔，难得放松有闲暇。

青年勤业九九六，老朽有闲五五八。

老少皆要巧安排，有张有弛会娱乐。

最喜四月春光好，老枝也能着新花。

五五八，指每天八点起床，每周工作五天，每天工作不超过五个小时。

2020 年 4 月 25 日

# 七绝·笔端气象达无极

收看书画频道霍春阳先生花鸟画讲座有感

纤毫裹墨点江山，
淡彩一支出幽兰。
笔端气象达无极，
一花一叶皆是禅。

2021 年 6 月 15 日

# 缅怀杨咏梅同学

落入凡尘近甲子，两鬓苍然发渐稀。

回首青春皆是梦，策马少年不可追。

昨聊微信且安慰，今闻病躯已归西。

噩耗传来心茫然，无奈无助也无语。

营营年年年年营，死死生生生生死。

生死自古谁有解？且当死是生之始。

2022 年 6 月 22 日

# 家 事

## 哀思与感谢

    2010 年 9 月 26 日，家父辞世，高中同学特送来花圈祭奠，当时发如下短信表示感谢，今在此记录之。

家父辞世，吾心哀痛。
同窗好友，情真心重。
精致花圈，良苦用心。
寄托哀思，一片真情。

人生旅途，长短难定。
生老病死，人之宿命。
红尘万物，过眼烟云。
惟有友情，历久弥新。

遥想当年，秉烛苦功。

窝头白菜，学子情浓。

与君同窗，三生有幸。

痛哉吾心，快哉吾心。

# 中秋夜感怀

对坐交杯情转侧，
清茶两盏伴月饮。
念儿他乡身是客，
佳节把盏谁与共？

2013 年 9 月 19 日

# 独眠

睡意阑珊锦衾暖，

孤灯残照月光寒。

最是难熬漏尽时，

鼻塞气短孤枕眠。

2014 年 3 月 6 日

# 贺小女入南京大学哲学系读研

2014 年 4 月 8 日，小女被南京大学研究生院哲学专业录取，在此送给女儿两句话、一首诗，以记住这个美好的日子。

第一句话，生命的意义，其根本在于传承。你的成功让我的生命更加完整，因此谢谢你。

第二句话，你说要做东亚文化研究，我想告诉你的是：我们所做的所有努力，并不只是为了揭露事物的真相，而是为了让生活更加美好。带着爱去学习，爱你自己，爱你的亲人朋友，爱这个社会。这一点要切记。

呱呱小儿登高枝，
典庇哲润大家闺。
吴门幸有人才出，
老夫甘拜儿为师。

2014 年 4 月 8 日

# 手之韵

新梅初开肤凝脂，
珠圆玉润淡如菊。
笋尖俏甲剪半月，
风情万种兰花指。

2014 年 4 月 22 日

# 2014 年中秋夜

月如银盘犹觉冷，
暖烛一点映窗红。
嫦娥琼楼舒广袖，
我邀明月思故人。

2014 年 9 月 8 日

# 清明感怀

清明日暖风渐软，
枝头花蓓紫白红。
柳梢依依泛鹅黄，
小草尖尖织华锦。
先人一去成永诀，
老树开花又一春。
桃株渐俏吾渐老，
世间风物各不同。

2015 年 4 月 7 日

# 劝吃篇

哈根达斯一百二，
豆浆油条六块八。
奢靡终非长久事，
勤劳致富俭持家。

2015 年 5 月 1 日

# 回吴瑕碧

烂笔常记流水账，
水滴石穿真功夫。
莫道小溪无大用，
奔腾到海亦滔滔。

2016 年 2 月 19 日

# 清明 2016

春寒未尽有寒食，
坟头一跪难清明。
子欲孝亲亲不在，
泪眼蒙眬天朦胧。
羡煞田畔山桃花，
老枝逢春花又红。
人生不过一炷香，
青烟一缕万事空。

2016 年 4 月 4 日

# 秋雨·上坟

小雨淅淅轻拭墓，
长天沥沥哭故人。
儿女长跪语无噎，
孙辈甜点笑有声。
凝噎嗔怪父恩薄，
笑靥甜点挂泪痕。
别离悲欢千百味，
长歌当哭笑祭魂。

2016 年 8 月 15 日

# 贺桂桃六九之寿

人生百岁自古少，

侬今半百分外娇。

六九曾经风花月，

九九更将样样好。

少时春心爱追梦，

老来携手夕阳照。

功利浮名皆去焉，

唯留爱心看你老。

2016 年 11 月 3 日

# 学无涯

——贺小女研究生毕业并入职上海外国语大学图书馆

小儿羽丰登雅堂，

书香盈屋蓬生辉。

馆藏列列传世作，

学海渺渺时光追。

我儿也曾苦面壁，

寒窗悬梁二十载。

问古求典思贤齐，

典庇哲润大家闺。

愿儿从此更精进，

授业传道启智慧。

生而有涯学无涯，

大道无形任鸟飞。

2017 年 7 月 22 日

# 抿豆面

韭菜细拣扑热油，
豆面白面两相勾。
开水呔呔能开胃，
纤手擦擦出蝌蚪。
寻常人家寻常饭，
家乡味道家里有。
人生幸福无需多，
只要一双巧妇手。

2017 年 11 月 13 日

# 刀削面

常忆麦浪金波荡，
今和新面扑鼻香。
快刀临空削银鱼，
细肉炖锅煨浓汤。
鲜蛋两颗清水煮，
咸菜一碟麻油炝。
边塞婆娘太霸气，
烹厨好似杀豺狼。

2017 年 11 月 29 日

# 饺子

青韭嫩菇细细剁，
面杖轮转饺皮薄。
四鲜调就诱人色，
双手掬出心一颗。
小锅精烹有滋味，
鲜馅朴素无大奢。
世间珍馐千百万，
最爱水饺配小酌。

注：四鲜是韭菜、香菇、胡萝卜、虾米。

2017 年 12 月 22 日

# 咬春一味

——2018 年立春日赠姚桂桃

春饼嫩油老牙咬，
举杯共饮案齐眉。
节气轮回春又立，
寒到头时即芳菲。
说无道时皆有道，
道至简时任时催。
天驱人老心不老，
相约再回十八岁。

# 女儿要飞啦

待年姑娘挽高髻，
典庇哲润王子追。
缠绕七年共修成，
一朝倾心领婚纸。
纸轻可承山盟誓，
纸薄可垒家国史。
经营小家如治国，
家国传承是同理。
愿儿从此更傲娇，
与爱相伴比翼飞。

2018 年 5 月 4 日

# 贺妻文集《纸上蝴蝶》出版

蝴蝶纸上翩翩飞，
幽然落笔能生花。
不著鸿篇惊云雨，
只着小花多采撷。

2018 年 11 月 14 日

# 看《聪明人给已婚父母的十条忠告》有感

世道人心皆聪明，

精致利己多算计。

八面玲珑当好人，

遇事绕道不吃亏。

老者耿耿老来福，

少者闷闷谋渔利。

老少同脉本相依，

却道老来不同居。

千理万理皆在理，

独不讲情讲心机。

此种家风寒人心，

最终老少皆悲凄。

2021 年 3 月 12 日

# 惊鸿一瞥

都说半百黄脸婆，
孩妈半百更婀娜。
低头一颦生百媚，
莫非返老成青娥？

2021 年 3 月 18 日

# 家经难念

### ——贺吴瑕碧乔迁之禧

腹藏千卷总觉少，
家有万贯无大奢。
家经难念人人念，
嚼得菜根百事可。

2021 年 4 月 16 日

# 行　旅

## 游北戴河（三首）

### （一）中华荷园小憩
荷叶田田，
湖波渺渺。
风动云动，
荷花夭夭。

### （二）中山码头出海
清晨立船头，
千鸟伴我游。
海阔云水接，
红日照高楼。

### （三）乐岛公园一幕
扶老携幼青衫湿，

贪玩小儿呼不得。
黄毛乳儿亦会老，
几人能有老来福？

2012 年 5 月 1 日

# 游济南大明湖（二首）

## （一）

一簇嫩黄一簇白，

柳叶问风为谁裁。

湖心泛舟三两点，

一对佳人入画来。

## （二）

绿墙掩花树，

荷香有若无。

弱柳拂清波，

春满大明湖。

# 游济南趵突泉

一园河山观澜亭，
天地造化趵突泉。
百年沧桑五三堂，
人杰地灵在沧园。

2014 年 3 月 26 日

# 游开封清明上河园

汴水泛舟大宋梦，
金戈铁马校场兵。
京东码头渡船客，
上河酒家第一春。
员外绣楼招佳婿，
大郎挑担卖炊饼。
择端一幅市井图，
繁荣半座开封城。

2014 年 3 月 29 日

# 大美山西（五首）

江苏返同经晋城段，景色峻秀奇美，又恰逢小雨，有感而发。

## （一）

褐黄墨绿色，厚重黄土地。

峭壁悬古松，枯杈有新枝。

## （二）

层峦披粉黛，叠嶂沟壑深。

峰回老牛湾，路转松柏林。

## （三）

新绿翠欲滴，杏花白如云。

小雨沥沥下，白雾徐徐升。

## （四）

天地共一色，峰顶松入云。

天公大写意，远山如墨痕。

（五）

巍巍太行山，悠悠黄河魂。

中华九州地，三晋才是根。

2014 年 4 月 2 日

# 太原龙潭公园一景

龙潭湖水滑如锦，
小雨轻洒密如丝。
点点无声穿湖心，
蜃楼美景细细织。

2014 年 5 月 10 日

# 游怀来鸡鸣驿

鸡鸣驿里无鸡鸣，
城墙环绕农家村。
曾经辉煌古驿道，
而今处处可怜人。

2014 年 5 月 31 日

# 芦芽山情人谷小憩

清泉有声空流响，
棋盘无子心对弈。
曲径通幽归何处，
坐看并蒂摇曳姿。

2014 年 9 月 8 日

# 阳高九龙温泉

酒池肉林非奢靡，
温汤天赐滑凝脂。
孝儿扶老上炕暖，
贤妻携幼下水戏。
泉水无尽富含钾，
人生苦短少闲时。
此机古人早参透，
花堪折时不宜迟。

注：九龙有一种温泉浴叫"红酒浴"。

2014 年 12 月 21 日

# 夜访恒宗殿

农历四月八，恒宗吉寿辰。

寿辰前夕夜，结伴拜恒宗。

驱车百余里，山路逶迤行。

海拔节节高，驻车停旨岭。

风清似水流，天低松入云。

皎月并肩高，拾级摘星星。

骑驴张果老，悬崖迎客松。

山路千百转，香客如潮涌。

披星戴月来，不畏途劳顿。

扶老又携幼，请香多成捆。

前者呼后者，满耳皆乡音。

大殿香火旺，香烟袅袅升。

清风和道乐，恍若在仙境。

双掌合胸前，善念油然生。

我本非信徒，从不信鬼神。

许个美好愿，福佑同乡人。

愿我浑源州，风调雨又顺。

自古洪福地，人杰地又灵。

在外漂泊子，常叹家难寻。

踏上恒山路，草木格外亲。

水流归大海，落叶要归根。

恒宗万代传，此乃我辈魂。

2015 年 5 月 24 日

# 出行

小树老态草新绿，
高速通衢山逶迤。
雨涤浮尘事事新，
小假远足驱车急。

2015 年 5 月 1 日

# 七言·游拜昭君墓

大漠孤烟骑尘绝，
昭君出塞定边关。
胡人彪悍善骑射，
汉女容姣能闭月。
百炼钢成绕指柔，
柔到妙处钢难断。
可汗百战皆披靡，
独难攻破美人关。

2015 年 5 月 1 日

# 大召寺之禅意

玉面佛身镶千钻，
香客跪求无量寿。
寒来暑往大造化，
寺中梨树也白头。

2015 年 5 月 1 日

116

# 灵丘小游

青山四拢聚清气，
山泉长流接天音。
闲卧青石戏蚂蚁，
轻搧蜜蜂入花丛。

2020 年 5 月 5 日

# 云南游出行

绿皮铁龙塞上飞，
卧梦滇上彩云追。
梦醒举目皆荒凉，
明日放眼尽春晖？

2015 年 11 月 16 日

# 踏雪寻佛

山秃百草枯，
沟浅乱石多。
风细惊山鸟，
雪残草丛卧。
拾阶踽踽行，
踏雪去寻佛。
香客拜菩萨，
善人布施绰。
我本无为人，
寻佛又求何。
登高极目远，
万般云烟过。

2016 年 1 月 2 日

# 灵丘山水之北泉印象

上北泉，下北泉，
上下北泉水相连。
一泓泉水映日月，
一脉青山云水间。
农舍人家参差落，
山环水绕人间仙。

春播种，夏浇园，
秋来打场冬纺线。
山水北泉实景剧，
农民生活农民演。
映面荷花别样红，
阿妹阿哥情意绵。

新农村，天地宽，
土肥水美物产鲜。
鸡犬相闻邻里睦，

好山好水别洞天。

这方水土天厚爱，

生态文明大和谐。

2016 年 5 月 2 日

# 入台有感

风驰电掣落桃园，
家国他乡两茫然。
吴侬软语皆乡音，
入境安检忒森严。
血浓于水同胞情，
海峡两岸根同源。
弹丸之地莫嚣张，
格物敬天祖为天。

2016 年 5 月 20 日

# 游台湾日月潭及中台禅寺

潭深水清阔，
雨足草木柔。
天地化日月，
日月化有无。
中台大禅寺，
大肚弥勒佛。
般若波罗蜜，
泥佛真金塑。
佛也爱奢华，
红尘谁能度。
我问蓝莲花，
莲花独摇头。

2016 年 5 月 21 日

# 登台湾阿里山

阿里山上空蒙色，
小雨无声沁心脾。
云拭青山色如釉，
泉穿空谷音亦奇。
涓细清流滴石穿，
合抱桧木入云霓。
土著香茶远道客，
坐云把盏有禅意。

2016 年 5 月 23 日

# 成都文殊院一幕

翘檐高挑千丈松，
红墙翠竹掩庙门。
庙内善人五体叩，
墙外老叟二泉吟。
二泉吟唱人生难，
五体叩求佛施恩。
一吟一叩皆是苦，
缘自贪痴欲海深。

2016 年 12 月 31 日

125

# 游太原天龙山

斜山叠翠立万仞，
深壑险路捷足登。
抚花闻香摆自拍，
擢泉戏水弄清影。
向天攀登八千步，
放眼龙城万山平。
难得四月好时节，
同窗作伴唱酒风。

2017 年 5 月 14 日

# 游苏州虎丘山

手扇卷风龙虎啸，
青竹拔节骨骼奇。
轩窗凭眺虎丘塔，
闭目神飞任东西。

2017 年 6 月 26 日

127

# 人生一梦

定园对面小苏州，

白米两碗东坡肉。

对酌二两苏小乔，

柳下听蝉梦中游。

伯温大智定天下，

东坡妙笔写风流。

英雄美人传佳话，

终归食色烟茶酒。

注：1.刘伯温墓在苏州定园。2.“小苏州”为餐馆名。3.“苏小乔”为酒名。

2017 年 6 月 26 日

# 恒山一景

——为沈道长照片作

恒峰秋染扮浓妆，
披雾沐雨一新娘。
道家开门迎贵客，
雪当茶点松伴郎。

2017 年 10 月 10 日

# 食色美味游恒山

昨与一众风友秋游登高，凑四六句若干记之，今觉意犹未尽，再补一二。

十月秋高兴阑珊，北岳灵光气自华。
驱车百里意闲适，拾级登高境渐佳。
极目葱茏松柏林，一览龟城披朝霞。
乡里邻人多早起，饮露登高好气色。
此景得来实非易，官家偏要阻游客。
防火固然是大事，因噎废食闹笑话。

闲聊不觉身已远，脚下林涛侧悬崖。
精工细石铺栈道，铁索微寒适攀爬。
白玉桥上五连手，一线天边席地歇。
突见一壁立万仞，状如照壁绕紫霞。
一坡红叶醉百株，半崖青松半白桦。
恒山处处有风骨，峻峰偏染女儿色。

峰回路转三十里，登顶接天高海拔。

饥渴方知柴米贵，幸有沈道饭一桌。
木耳窝瓜炖土豆，豆芽粉片拌黄花。
白酒米酒小黄酒，蒸糕烙饼煮恒茶。
龙王庙里说龙王，文殊塔下话菩萨。
寺长打坐接天日，道家爱酒更好客。

挥毫二爱诗一首，卧榻小憩醉梦话。
归途好奇取小路，坡陡景异目不暇。
一片桦林染天黄，一片青松翠悬崖。
九曲盘旋疑无路，无边落木萧萧下。
日落西山天渐暗，细雨淅淅催回家。
美哉壮哉斯地也，人间美景在北岳。

# 大同纯阳宫

道乐绕梁音渺渺，
新叶婆娑自逍遥。
道家作法词念念，
香火执意烟袅袅。
信男合掌许善愿，
痴人散财焚紫袍。
恁些其实皆做作，
月有清辉无声照。

2018 年 5 月 28 日

# 夜游大同城墙记

星空浩瀚云流转，

破城又镶新城垣。

昔战千回争戈地，

今掷重金扮俏颜。

瓮城扶墙观天象，

星耀云闲月自圆。

世事荒唐复荒唐，

瓮中捉鳖井观天。

2018 年 6 月 12 日

# 雁门关游记之一

桑田万年变沧海，
雄关战罢着秀色。
满眼葱茏好山河，
城台巍峨烽火灭。
世事有常亦无常，
战场无战也好客。
今与众友谒古人，
踏破雄关从头越。

2018 年 6 月 25 日

# 雁门关游记之二

游牧男儿爱骑马，
荷锄农夫垒大墙。
大墙起伏舞龙蛇，
中原浩荡有屏障。
龟守终非长久计，
大墙难敌射天狼。
今人当铸撒手锏，
豺狼来了有猎枪。

2018 年 6 月 25 日

# 自驾出游青岛

齐鲁大地驰铁驹，

乱云飞渡天幕低。

高速渺渺如一线，

草色离离望无际。

海风轻梳天辽阔，

极目云海拔地起。

海天相接更苍绝，

云蒸霞蔚雨亦奇。

云薄日出光宇宙，

七彩霓虹架南北。

此画只应天公绣。

大地作布雨作丝。

2018 年 8 月 14 日

# 恒山登顶（四首）

## 一

山风厉如刀，
绝壁鬼斧削。
云低飞白雪，
恒峰亦滔滔。

## 二

真心清静道为宗，
风群众友朝天峰。
隔夜分年两场雪，
一场送别一场迎。

## 三

本心跨年追日出，
天公驱云玉装饰。
此景更有大气象，
掬把雪花默祈福。

## 四

伴我登山有才女，
一步台阶一步诗。
空谷虚怀纳小我，
山不葱茏更伟奇。

2019 年 1 月 1 日

# 山风吹大树

2019年元旦，约群友登高迎新，取道恒山后背，夜宿白龙王堂。是夜，天降瑞雪，银装素裹，群山尽白。翌日登顶，祈福迎新。参加群友：张建德寺长、沈三兴道长、吴昱，姚桂桃、"二爱"、范小平、王恒艳。记之。

山风吹大树，衰草尽折腰。

山涧飞野鸽，绝壁鬼斧削。

呼气凝白柱，吸气似吞刀。

攀爬铁索寒，白霜挂眉梢。

肥靴套厚袜，羽服加棉袄。

拾级未百步，气喘如吹箫。

驻足回头望，来路已缈缈。

歇脚白龙堂，围炉闲话聊。

沈道煮热茶，砂锅灶上烧。

边聊平仄韵，边吃热粉条。

米酒豆腐干，齐夸好味道。

饭后拜龙泉，夜色吉光照。

山路慢慢行，环山静悄悄。

龙泉水清澈，擢饮疲顿消。

夜宿道家地，晨起心情好。

更喜沈道长，下厨煮面条。

昨夜喜降雪，山色更妖娆。

急呼众伙伴，踏雪再登高。

山路九曲转，一转一景俏。

雪压松挺直，风吹莲花摇。

忽穿白玉洞，忽爬翡翠桥。

琼枝挂玉叶，身在云中飘。

辰时临绝顶，放眼云滔滔。

峰峦似岛屿，峭壁似玉雕。

天地一色白，更觉人渺小。

极目云天阔，放声接云霄。

瑞雪生瑞气，豪情荡胸潮。

新年新气象，追梦在今朝。

# 游采凉山红石崖

平地起大丘，豁然生万象。

山低连绵远，沟壑万里长。

半坡松墨绿，一沟柳嫩黄。

崖畔桃花红，风吹落瓣香。

崖下太玄观，落落拾级上。

飞檐挑峭壁，八仙崖中藏。

门前千古对，道家有玄机。

山门白云封，无念亦无戚。

辗转多崎路，攀爬更费时。

身旁花百色，不知爱哪枝。

最爱红崖石，绝世兀自立。

赭黄更超然，大势暖塞北。

注：红石崖太玄观有一对联：道院有尘清风扫，山门无锁白云封。

2019 年 5 月 3 日

# 广灵行（二首）

## （一）

清泉千顷映碧苇，鹤鸣惊雀白鹭飞。
芦下水鸟戏正欢，滩涂草丰野鸡肥。
广袤壶柳有灵气，百鸟朝凤时不违。
塞上也有小江南，驱车东驰二百里。

## （二）

一块二三块，便宜又实惠。
煎饼甜糊糊，饸饹调韭菜。
拿糕小虾米，羊杂炒萝卜。
这方水土好，人勤心也美。

2019 年 5 月 15 日

# 登黄鹤楼极目

千年黄鹤去不归，文人骚情空幽思。

一桥飞架惊龟蛇，鹤楼东移五百米。

墨客常叹离别事，登楼极目泪泗涕。

伟人中流方信步，神思截断巫山雨。

物非人非皆去也，家国沧桑不可追。

我今凭栏想放歌，百舸争渡铁龙飞。

注：由于武汉长江大桥占用了原黄鹤楼的位置，1985 年重建的黄鹤楼从原址向东移了 500 米。

2019 年 10 月 28 日

# 乘船游三峡大坝

长江穿九州，大坝截平湖。

峰峦夹两岸，奇景叠叠出。

扑面似千军，回望静若处。

绝壁古栈道，林密掩木楼。

船行劈白浪，天高任鸟游。

水落百丈深，势能化电流。

游船高四层，客分三六九。

包间麻将桌，甲板冷飕飕。

有人争留影，有人叹景秀。

更有好摄人，相机不离手。

天地大造化，美景不胜收。

凡人皆过客，江河万古流。

2019 年 10 月 30 日

# 湘西凤凰古城印象

沱江两岸重胭色，

楼阁参差多酒吧。

赤砂块岩铺巷路，

赭窗灰墙配黛瓦。

翘檐霓虹映半江，

飞角残月照晚霞。

山外青山楼外楼，

醉不归时客为家。

注：客，意为客地。

2019 年 11 月 8 日

# 冬至摘酸溜溜

冬至，参加"留恋绿色"旅游群左云摩天岭摘酸溜溜包饺子活动。

周日早起有缘由，摩天岭摘酸溜溜。
留恋绿色旅游群，认识一帮好驴友。
雪后荒岭路凝滑，寒风劲吹冷飕飕。
莫道此处无美景，长城雪山一望收。
蓝天高光映白雪，云展千姿随风走。
沙棘丛生粒粒红，一枝酸爽最风流。
雪山探路有英雄，嘘寒问暖是老九。
雪山雄鹰老益壮，频按快门美景留。
最服群主冲锋号，男儿有双巧妇手。
后勤工作全包揽，炖菜拌馅特可口。
这个冬至好有爱，合包饺子炖羊肉。
革命小酒喝不醉，期待择机再群游。

2019 年 12 月 22 日

# 赠酸刺君

摩天岭崖生沙棘，
孤寒高冷独一枝。
莫道此君无趣味，
百花杀时她睥睨。

2019 年 12 月 25 日

# 世事安好　庸人自扰

——游漳泽湖国家湿地公园一念

漳泽湿地水微澜，芦花飞处柳成滩。
蝴蝶花心坠花丛，鹭鸟长舌鸣云端。
风平日暖空天镜，灌密乔疏各自安。
最喜植物皆自爱，不学灵人爱攀缘。

2020 年 5 月 5 日

# 游忻州亚高山草甸荷叶坪

栈道一线接远天，细草密织入松林。
山高云低天辽阔，鲜花遍野如繁星。
芦牙造化多奇崛，山巅奔马石悬空。
绝处更有奇绝处，松林深处漂浮萍。
青萍田田风袅袅，山泉潺潺天籁音。
远望层峦青黛色，近仰青松绕白云。
天蓝蓝，草青青，蜂飞蝶舞鸟和鸣。
当此妙处须放歌，登高朝天唱大风。

2020 年 6 月 27 日

# 随"留恋绿色"旅游群出游（两首）

## （一）

大巴狂驰如跨马，
窗前奔涌画中飞。
农家尽是大手笔，
一格绿色一格诗。

## （二）

风清天高云散淡，
绿色旅游人休闲。
此行留恋为何物？
美景美人刀削面。

2020 年 6 月 7 日

# 游太原森栖小镇印象

乱山沟里景人造，
山悬小瀑路逶迤。
农家小镇无农家，
森栖谷里不可栖。
路边曝晒支锅灶，
半坡无荫杂草低。
幸亏都是好玩人，
挥汗载歌乐不疲。
号歌一路勤把麦，
悍马赤膀秀肚皮。
更有徐娘梳小辫，
六旬老人着红衣。
星河航拍放大招，
一览众山高科技。
乐者知足且自乐，
管它是风还是雨。

2020 年 6 月 7 日

151

# 步孙先生韵

天种苍松十万株，齐贡老君炼丹炉。

苔花斑斓香不在，石尊老时影也孤。

欲扯晚霞燃圣火，偏成骚客与大书。

鸿篇挥就三千里，探岳天路入画图。

## 附：孙先生原韵

谁种苍松十万株，林梢独矗老君炉。

苔花斑斓香犹在，石兽峥嵘影未孤。

欲作青童吹圣火，偏成骚客盗天书。

倚云回望三千里，又见龙蛇入画图。

2020 年 10 月 11 日

# 反腐有感

枯池注清泉，
浊物遁无形。
波光潋滟好，
唯有源头清。

2014 年 8 月 25 日

# 七言歌·正月社戏

翠袖轻舒卷黄尘，

火树银花落缤纷。

唢呐高亢传喜庆，

锣鼓铿锵催出门。

半百男子描俏眉，

二八佳人扮老翁。

水步临波乘船旦，

长髯迎风老艄公。

舞狮子，划旱船。

耍故事，车车灯。

都说乡下千般苦，

谁见苦人也拉风。

我愿乡亲皆长寿，

岁岁年年与此同。

注：拉风，指因行为表现出时尚、出色等，有"抢眼"之意。

2015 年 3 月 8 日

# 猴年怀念孙悟空

十二生肖猴值岁，

六十甲子几轮回。

年来方觉余生短，

符新难掩旧容衰。

五百年里苦修行，

七十二变起风雷。

我今欢呼孙大圣，

金箍奋起涤尘埃。

2016 年 2 月 11 日

155

# 参观鲁迅公园及鲁迅纪念馆有感

小雨淅淅浸心脾，
先生诤言犹在耳。
剑胆琴心止媚骨，
怒向刀丛觅小诗。
巨匠俯首忧为国，
我辈苟且逐小利。
文化革命业未竟，
阿Q赵爷魂未死。

沪上六月多雨节，
荷塘田田雨霏霏。
先生墓前久伫立，
百鸟山上长沉思。
阿Q劣根为哪般，
世间为何多不义？
借我一支如椽笔，
划破重雾见红日。

2017年6月28日

# 照壁图闲话并和汉大将军

照壁大宅曾风光，

百年流转话沧桑。

重檐斗拱显富贵，

垂花云纹映吉祥。

钱财本是身外物，

富泽后代恐难长。

前人精砖雕福字，

后辈细木扶泥墙。

若说此壁底蕴厚，

墙上画饼太荒唐。

劝君莫迷此古道，

宜尔子孙当自强。

2018 年 11 月 12 日

## 附 汉大将军七绝·应吴昱先生之约题图

爱君才气爱君贤，宜尔子孙宜尔田。

身外相如兼福寿，腹中有道即神仙。

# 阿炳不瞎

## ——听阿炳《二泉映月》

洞明世事多无奈，

反躬来路尽不平。

千年愤懑两弦诉，

百结愁肠二泉吟。

推弓嘶声泪如泉，

揉弦呜咽气吞声。

阿炳眼瞎心不瞎，

二泉映月荡人魂。

2018 年 11 月 17 日

# 七律·昨夜一梦

太阳西升乌鸦红，
溪间春水凝寒冰。
盛夏酷暑穿棉袍，
寒冬腊月去裸奔。
指鹿为马马为鹿，
真作假时假也真。
灵人上了蠢驴当，
瞎子讲话哑巴听。

2021 年 11 月 12 日

# 讨厌的鼻炎

一窍糊涂一窍通，
两窍迷离色蒙蒙。
一窍食之不知味，
还有两窍听半音。
生来性鲁且愚痴，
却逢尘世体过敏。
我与世相多不适，
夜半鼻涕泪沾巾。


为不引起歧义，翻译如下：
两个鼻孔总是一个通一个不通，
由于过敏刺激，双眼模糊看什么都朦朦胧胧。
嘴里吃东西味觉也很迟钝，吃不出味道，
双耳听声音也隐隐约约，很不清晰。
天生性格鲁莽且愚蠢痴笨，
却生就一个对灰尘过敏的体质。
我对世上的许多东西都易过敏，感觉不适，
半夜常常喷嚏鼻涕把枕巾都打湿了。

2021 年 11 月 26 日

# 游得胜堡所见

得胜堡门有奇观，
主席语录镌壁间。
风削石砺已斑驳，
读来仍觉心豁然。
相信群众相信党，
人民利益高于天。
伟大事业要得胜，
得胜堡里见真传。

2022 年 9 月 11 日

# 秋日晨景

日洒长河波粼粼，
雾锁高楼影瞳瞳。
露浓叶肥菊花瘦，
早起晨练多妪翁。
夜更长时日更短，
绿正肥时花不红。
天地和合有大道，
生而有尽时无穷。

2022 年 8 月 29 日

# 雨中漫步城墙公园

## 一

急雨逛公园,

闲来发神经。

神经如我者,

竟有三五人。

## 二

烟雨锁箭楼,

气吞护城河。

近观碧玉树,

点点红果果。

## 三

雨过草更绿,

云散出霓虹。

自然总归好,

不论阴与晴。

2022 年 8 月 30 日

# 词

## 千 味

### 贺新郎·怀念母亲

悄然驾鹤去，怎堪想，余生清孤，阴阳两隔。梦中常听母叮嘱，谁能知冷知热？两行泪，无处述说。郊野又添新坟丘，看百草冬枯春又发。人已去，了无涯。

慈母灯下眼熬枯，怎堪忘，油灯如豆，五更寒风。谆谆教诲犹在耳，善为人勤为本。无奈何，天意无情。儿欲孝亲亲不在。喊一声妈妈谁能应，三春晖，寸草心。

2014 年 5 月 31 日

# 满庭芳·赘物缠身

甲午年六月，妻手术，岳母病危，两蹇事不期而至，令人惶恐唏嘘，妻神伤体弱，几不自持。今作小词《满庭芳》一首勉之。

赘物缠身，潇洒难弄，几欲远足登高，奈何怯怯，聊作寻常身。多少闲暇旧事，再回首，点点憾恨。当此际，赘物已除，好一个身段，轻盈！

莫奈何，人生苦短，天地常伦，逝者如斯夫，子亦无能。老者老则老矣，病床前，多些孝心，伤心处，登高望远，莫负了春风。

2014 年 8 月 1 日

# 水调歌头·问君可安好

——浑源中学 1984 届毕业三十周年聚会感言

问君可安好，执手噎无言，新箸佳酿满杯，难得把酒欢。你我唇齿兄弟，当年意气豪情，何时能再现？痛饮三大杯，含泪说当年。

苦面壁，尊师诲，夜无眠，何事有憾？功名不成青丝减。世事翻天覆地，人心地覆天翻，此局谁能解？人生多不易，愿君万事安。

2015 年 1 月 30 日

# 天净沙·春雷

荒野，秃山，孤村，

鸡飞，狗跳，驴鸣，

党员，干部，扶贫。

归去来兮！

庄户人，有人疼。

2016 年 3 月日

# 天净沙·慢生活

波清，柳软，风细，

日落，月升，云起，

莺飞，草长，鸟语。

大道无形，

人和谐，天为师。

2016 年 4 月 21 日

# 满江红·鹰

## ——浑中学子母校行感怀

横空驾雾，扶摇直上九万里。有道是，金眼铁喙，所向披靡。大翅一展怅寥廓，背负青天众山低。心所属，爱一方河山，平生意。

孤崖冷，身渐疲。去沉疴，勤砥砺。心笃定，涅槃浴火奋起。莫道我辈嗜肥兔，大鸟定有凌云志。待来年，披百日星月，再展翅。

2017 年 9 月 5 日

# 水龙吟·九天孤鸿清廓

2017年12月11日，大姐在北京中国人民解放军总医院手术，药物过敏，重症监护。笔者叶在病房外，心焦如焚，悲切不已。今临立瀛湖，踏冰散心，记之。

九天孤鸿清廓，寒湖千顷凝翠璧。凭栏四顾，不见潺潺，又见寥寂。柳软花艳，冉冉皆休，无处寻觅。且临风登高，无需嗟叹，小家气，不足惜。

苦度半百有余，凭心问，人生何冀？昨坐床头，执手问寒，盈盈笑语。转眼天倾，一线悬命，相见难期。拭泪垂足，忽怨过往，亲情虚掷。叹世事无常，杂芜奈何？人生戚戚。

2017 年 12 月 15 日

# 卜算子·悼良师

昨参加王道圣老师追悼会，今大雪。先生圣心慈目，殷殷爱教，奉献一生。今读先生文集，甚感良师难得，慨然。

昨送先师去，今日恒山白，莫道天公太无情，飞雪承人哀。

圣者师尊道，师者教无类，常叹先生善化育，雏燕激激飞。

2020 年 1 月 5 日

# 永遇乐·初秋天凉

　　初秋天凉，矮舍薄瓦，农家点点。这方水土，长城北弃，地偏土贫瘠。松短皁杂，高寒少雨，历代兵家征急。实可叹，天不厚此，民安业乐何易？

　　天无绝路，风水轮回，瘦土亦生秀枝。长城烽火，神泉古域，游客八方集。五谷杂粮，火山黄花，佳品享誉京畿，更有那，王氏将相，盛名鹊起。

2020 年 9 月 14 日

# 物　思

## 鹧鸪天·冬日问杨

风姿绰约曾婀娜，寒来清矍朝天歌。天赋瞳瞳千双眼，等闲看尽云烟过。

西风烈，日西薄，海誓山盟成蹉跎。树增年轮人渐老，躬问青杨岁几何？

2014 年 1 月 12 日

# 西江月·头顶云淡风轻

## ——游浑源千佛岭兼赠康春阳同学

头顶云淡风轻，脚下路陡荫浓。不怒而威起峰峦，千佛历历归心。

同窗一别卅年，你我心事谁懂，恒峰松下点江山，道声朋友珍重。

2015 年 3 月 9 日

# 鹧鸪天·游生态园

半河清波半河冰，半日料峭半日春。塞外二月忒多情，早穿皮裘午扇风。

天渐暖，人精神。白日清灼满城春。遥看草色近拂柳，凭栏极目鸟和声。

2015 年 3 月 20 日

# 鹧鸪天·广灵映像

广灵本非丰腴地，水浅草薄山头低。缘何大鸟偏爱尔？仙姿翩翩漫天飞。

白天鹅，行成诗，清波碧水树参差。一方山水一方田。家有良木鸟自栖。

2015 年 3 月 26 日

# 将进酒·文瀛春色

君不见文瀛湖水黄河来，万顷碧波漾翠微。

君不见古有愚公移山志，今有耿公旷世才。

豪情任性挪大树，奇思妙想引黄来。

金工细木铺栈道，玉砌雕栏筑瀛台。

家有良木鸟自栖，土肥水美花自开。

花鸳鸯，交颈戏，白天鹅，比翼飞。

春色多浪漫，并蒂花下人依偎。

塞上自古丰腴地，古都重镇传文脉。

人杰地灵史久远，古迹棋布名在外。

一方水土一方天，一方家园一方爱。

今日古城换新颜，明清古风皇家派。

花灼灼，水渺渺，

美兮倩兮文瀛湖，春色满园惹人醉。

2015 年 4 月 10 日

# 西江月·四面青山环抱

## ——游灵丘觉山寺并与桂桃共勉

四面青山环抱，觉山烟雨空蒙。一村一寺一世界，花杳鸟语鸡鸣。

佛塔耸天千年，我心归佛一生。无嗔无痴无贪念，何苦五体叩神？

2015 年 8 月 2 日

# 西江月·平城与春城

今在春城昆明乱转一日，满眼天蓝树绿，花团簇锦，甚是好看。想咱大同风干物燥，整年的狂风厉石，不由得感叹造化之弄人，水土之神奇，作小词记之。

春城绿树成荫，平城落叶成泥。雾霾重重锁京华，滇上晴空如洗。

橘生淮南为橘，生于淮北成枳。造化弄人皆憾事，同妞靓滇妞痴。

2015 年 11 月 17 日

# 点绛唇·古城灯会

鹏腾九天，凤舞龙啸祥古都。壶光流转，潋滟好去处。

望楼勾月，伴丝竹晋韵。且休醉，登楼凭栏，万家灯火秀。

2016 年 1 月 12 日

# 念奴娇·游桑干河大峡谷

繁华落尽，又衰叶成泥，萧然一片。

远山素颜无粉黛，风摇枯枝冰寒。老鸦单飞，人踪寥寂，僻舍伴孤烟。石瘦涓细，桑干长河漠然。

而今我又来也，空谷轻足，揽新气深吸。凡心洗尽等闲看，花红柳绿褪去。石傲株直，不作一丝，皆铿然筋骨。浮华不恋，莫道红尘沧海。

2016 年初冬

# 卜算子·游易水湖

翠屏罩轻纱，远山淡相宜，层峦逶迤千姿舞，一望天无际。

易水湖平阔，古迹堪追思，燕赵壮士今安在？问道山无语。

2017 年 7 月 27 日

# 声声慢·青山如裁

——游神池步道

青山如裁，色分天际，万象地载天覆。登高栈道，一线缈缈如绝。青黛湛蓝稠绿，恰好似，妙手着色。登高处，抬眼望，一派江山如画。

且莫好高骛远，细微处，妙观天地造化。山风细细，送来鸟鸣如诗。更有藤灌乔草，无穷尽，形形色色。此光景，恍恍兮妙得自乐。

2020 年 7 月 15 日

183

# 雅　趣

## 点绛唇·伊人梅兰竹菊手之韵

新梅初开，玉手芊芊肤凝脂，珠圆玉润，淡菊满相思。

笋尖俏甲，剪半月风情，且罢了。风情已老，空弄兰花指。

2014 年 6 月 1 日

# 无牌词·秋雨晨晴

这几天天气不好，尤其北京的同学深受其害。想起了前段时间大同的好天气。

昨一夕恼人沥沥，今一派烟萝景色。晓寒新浴，碧空如洗，晨光初照，一团烟雨秋色。

云蒸霞蔚时，芳草如碧，曲阑幽径处，风熏柳软。杨柳行间，霞光如织，百花丛中，黄鹂婉转。忽一阵风儿，轻摇一蓬莲花，抖落一掬露珠，点点剔透，惊起一摊云雀。

# 江城子·问伊自拍起何缘

问伊自拍起何缘。黑镜框，大披肩。蚕眉横卧，一双丹凤眼。织锦难掩骚动心。人爱美，更自恋。

镜里镜外两重天。里端庄，外疯癫。薄施粉黛，顾影又自怜。女容皆为悦己者，情脉脉，意切切。

2015 年 2 月 1 日

# 菩萨蛮·赠满富

记得前几天聊到回浑中聚会的事，你我发了许多感慨，当时我写了几句话，今在此赠予你，共念共勉。

苦心面壁曾为国，功名尘土乱世残。故园多浊气，遥想念师贤。

世事无所适，心结犹难解。五十知天命，此心处悠然？

2015 年 2 月 1 日

# 蝶恋花·立春

冰凌渐薄树渐袅，大雁归时，风香柳更俏。

地笼烟萝残雪消，新韭又露尖尖角。

精面嫩瓜葫芦条，一张春饼，千般情丝绕。

今日皆是怀春人，几人得意几人恼？

# 卜算子·咏红包

　　瑞雪送春归，圈友红包到，已是眼花手抽筋，有包还想要。

　　要也没多少，个个两三毛，待到有钱任性时，直接送钞票。

2015 年 3 月 2 日

# 如梦令·华严寺广场小憩（二首）

## （一）

左手一瓶酸奶。

右手一碗凉粉。

忽辣又忽甜，

别是一番好味。

喜也。悲也。

人生大抵如是。

## （二）

西边一座庙宇。

东边两摊古董。

真真亦假假，

皆是古韵情长。

是也。非也。

谁能说得明白。

2015 年 9 月 18 日

# 卜算子·劝酒

记近日与阳光车城项目部同事小聚。

满酒见真情，举杯义云天，今年与君能共事，想想皆是缘。

呕心修筑术，沥血严把关，匠心精进筑车城，秋来万事圆。

2016 年 5 月 30 日

# 无牌词·年

呱呱坠地，牙牙学语。儿时最盼与年聚，贴春联，穿新衣，压岁钱，好吃的。爆竹声中长一岁，长个长力长心智。借三分春色，纳八方瑞气，放眼来年心潮起。

四季轮转，时光飞逝。而今不愿与年聚，聚一次，老一岁，鬓渐白，体渐疲。老牙啃骨无滋味，花眼观花花无语。叹春光无限，惜流年不归，闭目神飞任东西。

2018 年 2 月 15 日

# 沁园春 · 相约七月

　　暑月京冀，天际流火，热浪如蛇。慨困居斗室，闷蒸桑拿；出行街市，炙烤蚁贼。当此时际，邀友出塞，把盏叙旧登高处。有道是，朋自远方来，不亦乐乎？

　　塞外七月如诗，抬望眼、满目皆旖旎。闲云微风，细雨轻洒；田舍农家，瓜香禾绿。云冈石窟，上下华严，古刹悬空堪称奇。只可惜，好时光莞尔，三天两日。

2021 年 7 月 28 日

# 沁园春 · 中秋缅怀

　　人生未百，日出日落，月圆有几？今圆月悬空，又是佳节；清辉万里，澄碧如洗。文人骚客，把酒问月，天上宫阙可归去？羁旅人，天涯共此时，遥寄相思。

　　恰逢九月九日，伟人去四十六载矣。念先生一生，辛苦历历，投身革命，腥风血雨。建国共和，人民作主，六亿同胞齐唤起。谆谆教，为人民服务，言犹在此。

2022 年 9 月 10 日

# 现代诗

## 感　念

### 失去——父亲辞世百天祭

跪在你的坟前

我身子轻得像一朵云

飘啊　飘啊

可我怎么也找不到方向


摸着你棺材里冰冷的手

我的心竟是那样安宁

因为那时候

我靠你最近


掰开你的眼睛

想让你再看我一眼

恍惚间

你好像对我笑了

这是真的吗


你走了

瞬间把我的心掏空

走出家门

我想回头看看

可没有了那个关爱我的人


这是一种怎样的失去啊

连一点盼头都没有

梦中的你看着我笑

父亲　　父亲

我呼喊着伸出手想靠近你

醒了

泪眼蒙眬

一片沉寂


父亲这两个字

于我已是一种恐惧

一张口我就失落得想哭

内心曾经的温暖

瞬间化作利刃

刺得我心疼

关于咱俩的缘分
从此我不想再向谁诉说
我想把它藏在心里
经常到你的坟头坐坐
你在里边安睡
我对着天空与你说话

2010 年 12 月 9 日

# 浑源中学的炕

2013 年 5 月 25 日，九十三班同学相聚，点点回忆，温暖感动。班主任温庭政老师在下午的座谈中提到了当年宿舍的炕，感慨良多，遂在晚餐前即兴吟诗一首，无奈时间所限，言不尽意，今在此录之，略有增删一二。

浑源中学的炕

是普通的炕

低低的灶台

斑驳的砖墙

浑源中学的炕

是普通的炕

炕上是十四卷并不干净的行李

炕下是扫不尽的煤灰

脏兮兮的饭桶　泥浆

浑源中学的炕

是不普通的炕

这炕上有我同窗秉烛的兄弟

这炕上也曾承载着我青春的梦想

浑源中学的炕

是不普通的炕

有人躺在炕上想 Ｘ Ｙ

也有人躺在炕上

想他心爱的姑娘


浑源中学的炕

让人爱让人恨的炕

它曾烧焦了我的行李

可它也点燃了我的激情和希望


浑源中学的炕

是神奇的炕

三十年前那几个尿炕的山娃娃

如今已成为大款 市长


浑源中学的炕啊

让人想念的炕

睡梦中我又躺在了炕上

左边是满富 右边是传雄

被窝里是夜半苦读的灯光


浑源中学的炕啊

让人想念的炕

瘦弱的身体在炕上发育

同窗的友谊在炕上升华

青春的梦在炕上起飞

飞向那座令人神往的殿堂


二十九年后的今天

在浑源中学相聚

又想起了那条温暖的炕

我想起了我的单相思

也想起了你青春年少娇羞的模样


你看

那个爱脸红的姜美凤来了

那个腼腆的张芳来了

大嗓门的畅世杰

爱哭鼻子的仝淑文

小巧玲珑的韩素梅

穆国平　毛仙枝　邢丽　张川娟

最让我遗憾的是

那个爱笑的袁改珍

如今已成了一个胖胖的婆娘


我亲爱的老师们

我亲爱的同学们

让我们多聚一会吧

我们真的老了吗

我身边的你

分明还是十六岁花季的那个你

皱褶的脸上洋溢着青春 纯真

那是世界上最美的脸庞


我亲爱的老师们

我亲爱的同学们

让我们多聚一会吧

我们真的已不年轻了

在你的脸上

我分明也看到了

疲惫 沧桑




我亲爱的老师们

我亲爱的同学们

让我们坐下来好好说说话吧

聊聊孩子

说说家庭

拉拉家常


2013 年 6 月 12 日

# 暮色寻春

暮色寻春御河畔

烟柳依依

莺色遥看

伸手不觉月光寒

二月春意

心头烂漫


树梢参差鹅黄泛

月光清清

灯火阑珊

青春不再人浪漫

园外扰攘

园内怡然

2014 年 2 月 12 日

# 儿时熟悉的兔草之一——叶儿菜

你娇弱的身姿

是我儿时最丰满的记忆

薄薄的叶

细细的茎

杂草丛中

石头缝里

那摇曳的小黄花呀

单薄得让人想哭

贫瘠啊

低微啊

你看旁边那一大团月季

开得是多么放肆娇艳

趾高气扬的城里人

谁会多看你一眼

可这又有什么关系呢

让放肆者放肆去吧

不需要太多

也不需要太大

坚忍点

再坚忍点

那一丛丛　一簇簇

多像夏夜里满天的星星

2014 年 5 月 30 日

# 不管我愿不愿意——过年随想

年来了

不管我愿不愿意

年走了

不管我愿不愿意

七天年假

像一枚赤烈的日头

把生活

晒成了退潮的沙滩

浓烈的酒

猩红的灯

难掩心中

那一份寂寞的炽热


吃吧

喝吧

玩吧

来的终将会来

走的终将会走

我想举杯邀明月

抬望眼

却是雾霾中绽放的烟花


年来了

年走了

仿佛一切都没有发生

诱惑着

诱惑着

不管我愿不愿意


2014 年 7 月 27 日

# 五十抒怀

三十年

说长不长

说短不短

五十岁

说小不小

说老不老

我们注定

是一群纠结地活着的人

老者一天天老了

我们也一天天成了老者

大伯　大爷

一声声温馨却刺耳的称谓

像一排排无情的巨浪

把我拍得

头发稀疏

牙齿松落

遥望西天那一抹夕阳

也只能叹一声

夕阳虽好　近黄昏呀

三十年

说短不短

说长不长

五十岁

说老不老

说小不小

我们注定是一群不服老的人

60 后的风骨

铸就了我们浪漫的灵魂

五十岁的年龄

二十岁的心

高考　下海

我们

也曾是天之骄子

商海里不畏险流暗礁的弄潮英雄


我们真的老了吗

不，我们不老

会当击水三千尺

人生精彩五十始

一百口棺材

壮士断腕

邪恶的资本

贪婪的欲望

让暴风雨来得更猛烈些吧

不作不死

不破不立

向天再借五百年

我既已背负重担千斤

何惧你再添朽土一抔

2015 年 1 月 30 日

# 活着还是死去——回汪先生

有的人活着

其实他已经死了

有的人死了

他却仍然活着

死了的是肉体

活着的是灵魂

或者活着的是肉体

死了的是灵魂

那到底是死了还是活着

这真是个问题


我是谁

我从哪里来

我到哪里去

这些其实一点也不重要

甚至生与死也没那么重要

重要的是

当下的你

是否

耳聪目明精力旺

眼中有蓝天

心中有希望


有的人活着

他已经死了

有的人死了

他却仍然活着

其实这也没有太大区别

不论活着还是死去

我们

终究也只是宇宙间

一粒尘埃


2015 年 3 月 8 日

# 我想静静——午后散步

静静是谁

静静

是午后的那轮暖阳

圆润温暖闪耀着银色的光

静静

是天际那朵洁白的云

千姿百态飘逸出无尽的想象

静静

是那片湿漉漉的绿草地

青绿碧透泛着青草的香

静静

是那片阳光如织的杨树林

疏朗清幽　微风习习吹　树叶沙沙响

静静

是路旁石凳上那一对休憩的老人

怡然自得执手无语安详

静静

是河堤上那群嬉戏的孩子

烂漫纯真　尽情地奔跑尽情地欢唱

静静

是此时的我

随便走走看看

什么也想什么也可以不想

静静

也是枝头的一只鸟

路边的一朵花

一只蝴蝶一条狗

汪汪　啾啾　嘎嘎

流响伴蝶飞

清风和天籁

静静真是太好了

我本是卧龙岗散淡的人

青风徐来　云卷云舒

干净的　安静的　自然的

自然的生命

自然的色彩

自然地来自然地走

……

静静真好　我想静静

2015 年 5 月 26 日

# 红包劫

红包是红色的

一如我赤红的心脏

急急地抢又急急地拆

三块

二角

一分

那不是钱

那是我收到的

从你心里发来的消息


我也曾把这样的消息向你发出

玫瑰花扑面而来

帅

美

奴人儿

我笑得假牙都掉了

仿佛一刹那又满血复活

成了一个多情的公子

抑或怀春的少女

时间久了

红包

成了一包春药

它让我的热情虚幻飘忽

如此爱你却无能为力

如约而至的玫瑰花

也再闻不到一丝爱的气息


还是戒了吧

红包有毒

早读

晚安

明天有雪

戴好假牙

烫一壶老酒

嗨，哥们

你能来吗

2015 年 11 月 6 日

# 诗意小城

有感于浑源诗歌朗诵会，想起了去年国庆时的一件事一段话。

2017 年 10 月 1 日的那个晚上

节日的首都

华灯初上

在一座偏僻小城

七位美女围着火锅谈诗


亲爱的朋友

你和美女谈过诗吗?

色香与美味共舞

才华与秋月一色

纤手指点江山

柴米风花雪月

那是一种怎样的排场与奢华


这座小城叫浑源

浑源不大

可它的历史好长好长

长可追溯到夏周那个年代

浑源不大

可它的山水好美好美

美到人天北柱

五岳之尊


浑源不大

可浑源女人的心很大

贤淑亲躬灶边事

轻声细雨风雷起

温良俭让容乾坤

相夫教子也赋诗

大浑源

大文化

有美景

有美女

如此这般，

其实穷一点，

也没什么关系。

2017 年 10 月 2 日

# 国庆七天乐随想

国庆长假

像是一个长长的魔咒

把嫦娥的清幽

揉得稀碎

邀月的杯子

盛满了吹捧的话语

再也盛不下一点乡思

景点那奔突的人呀

你为何总是那样的好奇？

熊熊的香火

真的点燃了你们内心的希冀？

土地庙

财神庙

娘娘庙

八仙庙

二郎庙

庙

庙

庙

沉重的神啊

总有一天你会让我承受不起

我想把邀月的杯子洗净

沏一杯清茶与你对饮

坐在炕头

聊一聊里短家长

尝一尝浑源月饼

床前明月光

疑是地上霜

举头望明月

低头思故乡

中秋月圆

你们好吗

@家乡的朋友　亲人

2017 年 11 月 19 日

# 大年初一的文瀛湖

大年初一的文瀛湖

睡眼惺忪

风无声地吹

轻轻地从发际滑过

从湖面滑过

从草坪滑过

从树梢滑过

像一把梳子

参参差差的枝头

似乎已梳出了柔柔的绿意

湖面也湿润起来了

太阳下泛着耀眼的光

一闪一闪的

灵动却又安静

天蓝得透亮

那么远又那么近

像一面大大的镜子

仰起头

就好像在天上看到了自己的脸

春节真是个好节日呀

一切都那么年轻

旧的也一天天又变成新的了


春节真是个好节日呀

此刻的文瀛湖

多像是一个晨起的女孩子

安静

慵懒

轻风缕缕

轻抚着 沐浴着 融化着

用不了多久

她就会

花枝招展美丽无比

此时此刻

湖畔那一对爱恋的人儿

又怀着一种怎样的希冀？

春意萌动

未来可期

2018 年 2 月 16 日

# 朗诵诗·青春放歌

## ——大同大学听诗暨庆祝六一国际儿童节

走进校园

心跳似乎一下子就慢了

像刚完成了一次奔跑

又像是关上了一扇窗户

心绪渐宁　喧嚣渐远


路　干干净净

小草也是干干净净

操场边的钻天杨干干净净

文质彬彬　玉树临风

艺术楼　舞蹈厅　体育馆

一切都妥贴自然

静谧安宁

身旁

不时有年轻人走过

一个　一对

或一群

他们

目光清澈

步履轻盈

健美的身躯傲娇的脸

脸上都写着两个字——青春

——年轻真好


年轻真是好呀

朗诵会准时开始

上千张青春的脸

是现场最好的背景

我以为

这里会大江东去浪淘尽

我以为

这里会北国风光千里冰封

可是没有

台上的人

在赞美开放的成就

英雄的不朽

当然也有奋斗

还有爱情

但这些我觉得远远不够

你听

他们的诵吟

虽然沉醉

但分明也能听到一丝

青春逝去的无奈

留恋的多情


在这样一个洋溢着青春的所在

还是让我们赞美青春吧

古人说

少年不识愁滋味

为赋新词强说愁

今人说

青春是蓝色的

像深远的晴空　像迷人的海洋

幽远辽阔　富于幻想

伟人说

世界是你们的　也是我们的

但归根结底是你们的

你们像早晨八九点钟的太阳

我说

青春是用来绽放的

青春岁月须放纵

莫让韶华负曾经


年轻人

欢呼吧　挥洒吧

青春的岁月

自有五彩的颜色

年轻人

畅想吧　追求吧

青春的时光

自当以梦为马

青涩

是青春最好的滋味

挥洒

是青春最独特的风格

岁月如驹

少年如风

青春如歌

青春万岁

2018 年 6 月 1 日

# 大同的云

大同的云

像大同的婆娘

闲散　慵懒

荡来荡去

总是一副养尊处优的样子


当然

她们好像也有这样的姿本

你看

随便一个姿势

都千娇百媚　风情万种

2018 年 6 月 15 日

# 上坟

坐在父亲母亲的坟头

一家人就团聚了

就像儿时

坐在炕头看妈妈在灶前劳作


跟着爷爷去上坟

是我小时候最喜欢的事

纸一烧完

爷爷就拿供品给我吃

圆圆的饼干

甜甜的果子

真好吃

有一次急着把纸烧完

把眉毛也烧了


唉

爷爷已经走了三十多年了

此时

我正在和母亲分享一个苹果

不知她看到我贪吃的样子

会不会生气

父亲走了九年了

母亲也走了七年了

但我始终相信

他们还在

坟头那株返青的草

就是证明

2019 年 4 月 3 日

# 温暖

温暖是一种什么样的感觉

婴儿的温暖

是妈妈的怀抱

或是奶香氤氲襁褓中的安睡

孩童的温暖

是一件玩具

或是妈妈慈爱的手擦去脸上委屈的泪

少年的温暖

是老师的一个表扬

或是春心懵懂中一个心仪的背影

青年的温暖

是燃烧的理想

或是花前月下的一个热吻

中年的温暖

是一笔成功的生意或是官场上万人瞩目的眼神


这些都不属于我

我的温暖是风和丽日 明月清风

是路边的野花

 落叶的飘零

也或是一杯清茶

一壶老酒

一次远足

一次相逢

也或是一场面红耳赤的互怼

一晌畅谈　天马行空


昔我往矣

杨柳依依

今我来思

雨雪霏霏

日已过午　寒意渐起

人知天命　温暖何期

思兮嗟兮

罢了

且看山高水长

云淡风清

2019 年 6 月 4 日

# 水

请愿谅我的浅薄吧

对你总是一副居高临下的样子

其实我心里清楚

居高临下

我哪有资格

这也并不是我的本意

可我又有什么办法

你一平静

就照出了我虚妄无能的样子

利万物而不争

除了你

谁能做得到呢?

2020 年 6 月 20 日

# 2020 年冬天的一个下午

冬日

午后

在 A 酒吧的沙发上

以四仰八叉的姿态小憩

咖啡香浓

爵士暧昧

六弦琴和着烟嗓的女音

欲送还迎

欲言又止

此时的我

正遭到幸福感获得感的突袭

双目微闭

醉意微醺

肉体伴着美梦一起沉沦

怎一个舒服了得

冬日的阳光

温暖且柔软

窗外

天清澈安静地蓝着

像孩子明亮天真的眼睛

湖水

以最漂亮的姿态定格

冰清玉洁凝波叠翠

岸上

老杨树清瘦地挺拔着

不着一叶无念无痴


美啊

这替天行道的世间万象

作而不辞　　生而不有　　为而不恃

万物行大道

地久天更长

突然觉得

此时的我有点猥琐且多余

起身

买单

裹紧大衣

赶紧从这要命的幸福感获得感中逃离

到风中去

寻找真正存在的

逻辑

2020 年 12 月 25 日

# 2022 年的一场雪

一下雪

这世间就安静了

那轻柔的飘落

像极了母亲的叮咛

一片一片

唠唠叨叨

堆积着

温暖着

大地在这唠叨中睡着了

盖着厚厚的被子

# 文 旅

## 2015 年元旦黄河老牛湾絮语

生命像一条宽阔的大河

时而宁静　时而疯狂

躺在老牛湾老郭家窑洞的热炕上

时光倒流了五十年

此刻那条最像生命的大河

就在我的头顶

没有咆哮更没有疯狂

它和我一样

像一个婴孩

已安然入睡


老郭是个四十岁的汉子

一个老婆两个儿

五孔窑洞三亩田

这几乎是他的全部家当

可这好像已经足够

他过的日子比诗人说的还好

什么面朝大海　喂马劈柴

他面朝的那个老牛湾

比大海漂亮百倍

他也从来不用劈柴

随手从圪塄上扯几把酸榴枝

就把炉堂烧红了

老郭每天生活得很开心

他说明天到河对岸看日出

这真是个好主意


走在黄河的冰面上

像踏上了一个世界上最炫的舞台

剔透　晶莹

泛着翠绿的光

眼前那一道弯弯的弧线

是天下黄河九十九道弯中最美的一道

天的蓝

云的白

山之拙朴水之柔美

金灿灿的大太阳冉冉升起

漫山遍野　披金镏银

山川之形胜

天地之大造化呀

人总是喜欢干一些蠢事

向着绝路狂奔却满心欢喜

上海是个文化发达之地

车水马龙　高楼林立

突然从那里传来令人心碎的消息

三十六个年轻的生命瞬间消失

据说是因为拥挤

亦或因为躁动的青春

假如他们此刻和我在一起该有多好

天空湛蓝　山河辽阔

别挤了

别挤了

自然的馈赠已经足够

我们需要的只是内心的安宁

天地永恒

世事安好

2015 年 1 月 29 日

# 大理古城酒吧一夜

半杯红酒一支烟

音乐袅袅

烟也袅袅

屋角

那株绿藤

叶片肥厚油亮

翠绿欲滴

丰腴如我身边的女人


八张破桌两把琴

灯光昏昏

人也昏昏

台上

歌手伸着脖子喊

声音嘶哑无力

像一只老公鸡打鸣

对面的两个人

自顾自地说话

我不明白

他们那么多话

为啥非在这儿说


歌手们

总是唱一唱喝一喝

唱一唱喝一喝

似乎把唱出的寂寞

又一饮而尽

于是整个夜晚都是

寂寞

寂寞

寂寞


2015 年 11 月 18 日

# 丽江古城印象

下午

在阳光恰到好处地斜了的时候

我也恰到好处地来到了丽江古城

此刻

一缕光线

正恰到好处地打在一位姑娘的脸上

玲珑剔透

惊为天人


恰到好处的还有古城的石板路

坑坑点点光滑圆润

在上面舒服地走

影子拉得很长

时光变得很慢

我竟觉得有点老态龙钟


丽江古城恰到好处的地方很多

古老清澈的河流

幽深干净的小巷

大石桥

四方街

深宅大院

黛瓦粉墙

还有那干如杵冠如云的

百年老松

……

可这些老物件并不倚老卖老

开门迎贵客

街肆有酒声

晚来声乐起

霓裳舞彩云

你在这里

可以思古

也可以喝酒

聊天

泡吧

艳遇

发呆

当然

也可以

抚一抚古琴

听一听鸟鸣

2015 年 11 月 22 日

# 谒泰陵（雍正墓）

正午

烈日如蛇

十里神道走到头

我快死了

可雍正活了

2017 年 7 月 28 日

# 探岳·天路

那绵延的起伏

多像我的心思

高高低低

层层叠叠

一山的金黄

是向天张扬的旗帜

丰裕的　饱满的　充沛的　大气的

亦如我内心的欢喜

不经意间的一串红柳

多像仙子温情的眼睛

山坳里那一簇翠绿

分明是她飘动的衣裙

幸福啊

金黄的富有

翠绿的青春

火红的爱情

……

可山巅之上的我

也常心生恐惧

异石嶙峋千奇百怪

沟壑万丈深不见底

这像极了我那无知的贪欲

填呀填呀

填进了热情

填进了青春

填进了生命

还是深不见底

数不清的沟沟岔岔已把我罩住

置身其中

一不小心就

有去无归


我想

有这种感觉的

并不只我一个

不然人们为啥要修那么长那么长的天路

天路的每一处驿站

都把神请来

试图给人们一个出口或者一个归宿

龙王庙　　老君庙　　海藏寺……

但我知道

这些其实都无济于事

刚在庙里叩完头的妇人

一转身就走丢了

四通八达纵横交错的天路

也会把人罩住

这真是毫无办法的事


做一枚安静的落叶吧

以忘我的姿态与这一切告别

不念过往

不畏将来

安静地匍匐于大地

安静地融化于尘埃

毕竟

风住云起时

这一切

也终将归于虚无

空寂


2020 年 10 月 11 日

# 睡觉

躺下

就成了王子

世界只有被窝那么大

惬意无边

自由无边

入梦

被窝比世界还大

万象奔突

疲于奔命

2022 年 9 月 9 日

246

# 散 文

## 家 风

## 给女儿的一封信（一）

女儿瑕碧：

我和你妈妈从南京回来已有数日，回了家，却似乎没有回家的感觉，总觉得有一股力量向外揪着，这可能是把你丢在了南京的缘故吧。

记得从南京一下车，你就破天荒地走在我们前边了，脚步快得都让我觉得力不从心。看你欢快地自顾自地往前走，心里真的是一种酸酸的甜甜的感觉，那匆匆的迫不及待的脚步分明告诉我，这孩子真的长大了，是放手的时候了。

放手，有几分不舍，也有几分不安。此时，我特别想以一种郑重的、传统的方式与你做一次交流，这也算是我给你的一个成人礼吧。

首先需要明确的一点是"长大"的含义：长大了，并不是说你不是一个孩子了，因为在父母的眼里，孩子永远是孩子，这是一种血的缘分，大道使然。长大，是指你从此有了自己的空间、自己的生活、自己的情感、自己的思想，当然同时也有了自己的选择、自己的责任、自己的担当。基于这种理解，从今以后，我们是你的父母，但更多的时候会是你的朋友，朋友会给你建议，但决定权在你自己手里，这一点你要好好理解。

人一生中需要翻越三座大山：学业、婚姻、事业。这三座山相互关联，连绵而起伏。这个比方虽然有点俗，但似是真的。你现在在学业这座山上，我很放心，最难的部分我认为已经翻过去了，放眼一望，天高海阔，风光一片，虽然还需下苦功夫，但苦与苦就不一样了。

我主要想说的是第二座山即婚姻这座山。在这座山的边上有一片沼泽地，看起来很美，却是通向婚姻的险途，人们把它叫做恋爱。请原谅我又用了这么俗的一个比喻，但这也是真的。要顺利通过这片沼泽地，表面看，似乎需要的是忠贞的情感，但仅有情感肯定会受挫。我认为其实更需要的是智慧，情感需要用智慧去判断、用智慧去净化、用智慧去升华，这一点你也要好好理解。如果你喜欢一个人，你喜欢他什么呢？这是一个必须想清楚的大事。有一首歌叫《爱上一个不回家的人》，我想中间的错不在于这个男人不回家，而在于那个女人为什么偏偏爱上这么一个男人。爱情、婚姻处处充满悖论，比如有人说爱是一种缘分；比如有人说真爱是无条件的；比如有人说为了爱甘愿付出一切……但这一切的背后其实都是有前提的，撇开这些前提就成了梦中呓语。人不可无梦，但不能把梦当作生活，仰望星空脚踩大地，想你所想，爱你所爱才是一种智慧的大浪漫。在踏入恋爱这片沼泽地之前，我送你八个字：智慧，责任，胆识，爱心。以此来考量对方并作为你们爱途的标识，我想对你是会有好处的。

如果读到这里你还没把这封信丢掉，我会感到很欣慰，因为把关于爱的话题说得如此冷酷且俗不可耐，我自己都有点讨厌，不过我还是希望你把这封信收藏。某一天，在你内心纠结的时候，拿出来看一看，或许会眼前一亮的。

关于第三座山，我就不多说了，以免更俗。选择对了，一切都水到渠成，快乐地往前走吧，这个世界的一切终将都是你们的。

南京是个好地方，树木葱茏，空气湿润，一切都显得那么厚重大气，新环境、新同学、新老师、新朋友，论与人相处，我应拜你为师，想必你是如鱼得水，生活得很惬意吧，别忘了经常和家里联系，说说你生活学习的事，妈妈爱听，我也爱听。

就此止笔

2010 年 9 月 30 日

# 给女儿的一封信（二）

女儿瑕碧：

今天是礼拜天，前天与你通话，你对你妈的一篇文章（当然也是我的观点）大加挞伐，对此，我虽然不感到奇怪，但对你的思想、价值观还是很担心。因此，借今天休息时间，与你好好谈谈。

你是学古典文献的，将来又要学习研究中国哲学，我想你首先应该想清楚的一个问题是："我为什么要学习研究这些东西"？如果是为谋得一份差事、混一口饭吃，我认为学这些东西毫无必要。如果是兴趣爱好，想搞清楚茴香豆茴字的几种写法，取得所谓的学术成果，我认为也没有多大价值。那为什么要学习这些东西呢？

我曾和你开玩笑说，你念了古典文献这个专业，将来就会是一个知书达礼的贤妻良母了。这里面有一个词很重要：知书达礼，我把它改为知书达理。是的，我们之所以读书，是为了达理，那要达一个什么样的理呢？当然不是三从四德那个理，更不是嫁鸡随鸡嫁狗随狗那个理。《三字经》上说，人之初，性本善，但无数历史的今天的事实也告诉我们，人性之恶也不能忽视。但不管人性是善是恶，善良是人世间一切美好事物最基本的要素之一。如果没有善良，美好无从谈起，这一点我想你是应该同意的。

因此，我们在思考一个问题，面对一个事情的时候，应该有一个基本的善良的出发点。

我感觉你们90后这一代人，有时身上缺少一种大爱精神，对人对事少了一些理解和同情心。这也似乎不能怪你们，因为从你们来到这个世界起，这个世界就一切都要去破，一切都要去争，一切都要用钱说话。即使父母给予你们的，也似乎多了一些强迫和自私。你们一出生，面对的就是丛林法则，一切都似乎合情合理，一切似乎都本该如此。但一切又似乎总缺点什么？国家、人民、责任，理想、正义、公平，这些神圣的字眼变得愈来愈飘渺，愈来愈模糊。

扯得好像有点远了。再回到前面的问题，你为什么要学习呢？通过学习你可以知书达理。那要达一个什么样的理呢？我想这个理就是明是非，知荣辱的理，是一个有爱心、有能力、有担当的理。是一个心中有国家、人民、责任，理想、正义、公平的理。我跟你说过，中国的传统文化中，有精华，有糟粕；我还跟你说过，要做一个有力量的好人，不知你是否还记得这些话。哪些东西是有毒的，怎样才能使自己做一个有力量的好人，这都要通过学习去提高自己的鉴别能力，通过学习去强大自己的内心世界，通过学习去体察百姓之苦，培养自己的大爱之心。通过学习去提高自己的行动力和影响力，这才是学习的根本目的。

有时候，我只是想，在我小时候，老师教育我们热爱祖国、热爱人民、热爱集体，要有理想、有道德。今天，我们应该教育孩子些什么呢？我能教育你什么呢？我能给予你什么呢？我想，或许我能给予你一点点爱吧，我也希望你心中有爱，爱你的朋友，爱你的学业，爱你的老师，爱是一切美好的开始，也是我们奋斗的唯一理由。

祝福你，孩子，愿爱与你同在。

2013 年 5 月 19 日

# 给女儿的一封信（三）

女儿瑕碧：

今天的这封信，本来是不打算写的，一则你上大学后，学业生活各方面都打理得不错，我觉得没有唠叨的必要；二则有些事真的让我觉得德性不够，没有了说教的资格。但是，我今天还是决定把这封信写出来，因为不管怎么说，我是你爸爸，有些话不说出来总是感觉有一些心事放不下。这封信加上前面的两封信，算是我对你学业、情感、事业三个方面的一个完整交代，以后就真的老夫甘拜儿为师了。

前两封信谈了情感、学业，这封信谈谈事业。

长辈总喜欢和晚辈煞有介事地谈论事业，其实事业是个啥东西，谁也说不清，但它又确实是时刻困扰着每个人的一个东西。简而言之，多数人认为成功的事业就是在人生的竞争中获得别人的认同，得到了自己想要的东西，譬如财富、权利、学术成就或江山美人等等。但我觉得这个事业观是非常不健全的，因为从历史的经验看，这样的事业成功者，他们的人生过程往往并不完美，甚至往往饱经沧桑，所以才有"吃得苦中苦，方为人上人"一说。我认为成功的事业并不是人生最终得到的那些俗物，而应该是一种优秀的生存状态。换句话说，在你的生命过程中，如果能有一种非常优秀的生存状态，那么你的事业就是成功的。我这样说好像是说了一堆废话，其实你仔细想想，这两种不同的事业观会是完全不同的两种人生，前者重在结果，后者重在过程，且最后是殊途同归的。

那么什么样的生存状态才算是一种优秀的生存状态呢？以一种理想化的标准衡量，我认为应该有两点：一曰物质自由，二曰精神自由。当然，世界上并没有任何意义上的绝对自由，即使那个相对的自由也非常不易，这需要两个方面的齐头并进才能达成，一个是能力，一个是心态，二者缺一不可。

先说物质自由的能力和心态问题。

我多次与你说过，学习的目的就是为了获得生活的能力，这一点非常重要，明白了这一点，你就会自觉地让你的学识与现实生活对接，在现实中为你的学业找到用武之地，而不是躲在象牙塔里孤芳自赏，当然在这个对接的过程中，你也会获得强大的生活能力，从而使物质自由成为可能。就哲学而言，大众的看法哲学是一个大而无用的东西，事实上哲学是真正的人学，谁的生活都离不开哲学，让哲学以一种什么样的方式与生活对接，为大众服务，是你们学哲学的人要认真思考的问题。前几天看了你们南京大学哲学系2014届毕业生及老师们的一些留言，觉得他们离真实的生活还是远了点。

再谈心态问题。在这里我说的心态主要是指一个人对自由的态度。任何一个人对事物的态度都不是无中生有的，一来自天性，二来自人生的体验和学识的积累修正。一个人如果没有获取一定物质的能力，囊中羞涩，他肯定不会有一个所谓的物质自由的心态。相反，只有丰富的物质，朱门肉臭，而没有一个强大的精神力量驾驭它、平衡它，不仅不可能有一个物质自由的心态，相反会成为人生的负担和羁绊。正所谓人为财死鸟为食亡，就是这个道理，这样的例子比比皆是。

因此对于物质自由的态度，我的建议是：君子爱财，取之有道（能力），弱水三千，我只取一瓢饮。有了道，有了度，自由可得也。

再谈谈精神自由。精神的自由来自于对世界的好奇和解读世界的能力，这其实也是一个能力和心态问题，我觉得这方面正是你们的长项。读了那么多书，让你的精神世界足够丰富，也让你有足够的能力与这个世界对话。但是，现实的悲情也常常让哲学家们心灰意冷，因为他们太聪明了，眼里揉不得半点沙子，看到了世界的残破却毫无对策，最后只好无为厌世，甚至一了百了。这似乎是许多哲学家的宿命，但这又何必呢？美与丑，善与恶都是一个相对的存在，世界是唯物的，但有时正是唯心的思想像太阳一样赋予了万物色彩与温度。在此，我想重复我曾经送给你的一句话：我们所有的努力，并不仅仅是为了探究事物的真相，而是为了让我们的生活更加美好。

用一颗好奇的丰富的心去感知生活，让智慧的翅膀充满爱的能量，这是一个人精神自由的不二之路，也是你们作为学者面对芸芸众生所应承担的使命。

最后把毛泽东的一首《七律和柳亚子先生》送给你：

饮茶粤海未能忘，索句渝州叶正黄。

三十一年还旧国，落花时节读华章。

牢骚太盛防肠断，风物长宜放眼量。

莫道昆明池水浅，观鱼胜过富春江。


祝生活愉快！


2014 年 6 月 22 日

# 关于改造祖上旧院的意见

一、现状:

祖上旧院是我辈祖爷爷留下的,距今已百年有余,残墙破瓦,摇摇欲坠,几不能居。就目前而言,在郝家寨几乎是最破败的房屋,不仅严重制约父母双亲生活质量的提升,亦影响村容村貌,实为我辈之失职失责也。故改造祖上旧院乃我辈义不容辞的当务之急。

二、改造方案一

按照效果图规划,在二到三年之内分两期完成,我辈兄弟姐妹七人均当本着平等、自愿的原则积极参与其中,具体方案如下:

1.每一间房编号后,采用实物认购的方法,确定每个人的投资额。

2.认购顺序由大到小,由女到男依次进行,亦可由其后代代认。

3.大门、围墙、厕所、炭房等公用设施由吴金、吴昱两人负责出资。

4.施工具体实施由吴银、吴金负责。

5.不论谁认定的房屋,均具有产权、使用权,而无单独出售权(其后代有继承权)。如确需出售,必须在兄弟姐妹内部以不高于成本价转让。

6.改造后的祖上旧院,是我辈共有、共享的一个整体,兄弟姐妹七人及直系亲属均有资格享有所有房屋,房屋使用人在征得房屋所有人同意后，可以无偿居住、使用。房屋所有人如不使用，不得转租外人，亦不得无理由拒绝其他兄弟姐妹的使用要求，更不得收取租金。

7.房屋使用人对旧院有看护、维修之责任。房屋的使用当本着最大限度地满足所有使用申请人要求的原则进行，不得一人多占。

祖上旧院乃前辈给我们留下的宝贵遗产，搞得好，是吾辈血脉亲情之所系，搞不好，则是埋在我们兄弟姐妹之间的隐患。吾辈均当本着为祖宗争荣光，为后代树榜样的态度，精心地去爱护它、珍惜它，决不做图自己一时之利而挖祖宗墙角的不齿之人。吾辈亦当教育我们的子孙本着同样的态度自立、自强。以为祖上添砖加瓦为荣，以坐享祖上之福为耻。

本意见征得各兄弟姐妹同意后，将与旧院改造效果图、房屋编号图一并作为房契的补充文件存档。

2007 年 2 月 5 日

# 成长　文化　爱情
## ——嫁女发言

各位来宾，各位亲朋：

大家中午好，谢谢大家的光临。今天的这个讲话，我已经准备了20多年了。大概是吴瑕碧上小学一年级的时候，有一天她背着书包在前边走，我就突然想，我这个女儿出嫁的时候该说点啥呢？当时觉得这个念头好可笑，好遥远，可是眨眼工夫，女儿就真的出嫁了。

在这样一个美好的时刻，我首先要祝福二位新人，你们相隔千里，在最美好的年龄相遇、相爱，这是天合之缘。携手走过八年，你们的爱也经过了时间的验证，并且随着时间的垒积，爱意愈增，感情愈深，这是我对你们甚感欣慰之处，深深地祝福你们。如今，你们已经走进了婚姻的殿堂，我相信这是你们爱情道路上新的起点，未来会更相爱，更美好。

接下来，我想要和女儿吴瑕碧说几句话，我知道你对我的唠叨早已厌烦，但我还是要唠叨几句。此时此刻，我想你的心情和我一样，有一点激动，也有一点不舍，但我不想在这儿儿女情长，我想在这里和你谈谈"成长"（成长就是成功的成，长大的长）。我以为，成长是世界上最美好的事物，也是一个人、一个家庭最美的状态，有成长，就有变化，有变化，就有期待，有期待，就有收获。二十多年前，你呱呱坠地，从咿呀学语到蹒跚学步，从入幼儿园到入校求学，小学、中学、大学、研究生，一路走来，每一天的变化成长都令人欣喜，给我们这个家带来了无数的期待和欢乐，这是一个美妙的过程。如果说养育之恩需要回报的话，我想你的成长就是对我们最好的回报。我也曾和你说过：生命的根本意义在于传承，你的优秀也成全了我的生命，因此谢谢你。如今，你也有了自己的家庭，可能很快也会有自己的一个、两个或几个孩子。现代社会节奏快，压力大，许多年轻人面对婚姻、面对育儿的责任倍感压力，甚至逃避，但我要告诉你的是，不要怕，一切都很美好，生命的传承养育不仅意义重大，而且其乐无穷，希望你平衡好家庭、事业的关系，在单位做一个好老师，在家做一个好妻子，好母亲。

接下来，我想和我的女婿游昊天聊几句，此时此刻，我想和你聊一聊"文化"（文就是文明的文，化就是融化的化）。你和吴瑕碧大学都学了古典文献学专业，我曾和吴瑕碧说过，中国文化博大精深，但也是鱼龙混杂，糟粕很多，要好好鉴别。那中国传统文化中的糟粕有哪些呢？我认为中国传统文化中，影响最大，毒害最深的糟粕就是男尊女卑，这个糟粕可以说是中国五千年腐朽文化的总毒源。直到今天，这个糟粕的影响仍无处不在。客观地讲，就男性这个群体而言，其自私贪婪的一面是比女性过分得多的。在此我举一个小例子说明这一点：在中国古代建筑史上，母系氏族社会（仰韶文化时期）的居住遗址与父系氏族社会（龙山文化时期）的居住遗址有很大的一个区别，就是父系氏族社会的居住遗址出现了地窖。

也就是说，进入父系氏族社会后，男人们有了剩余的食物不愿意和大家分享了，而是存起来变成了私有财产，于是有了贫富差别，有了阶级，有了私有制。这真是非常让男人们汗颜的一个考证，自私贪婪的本性，物欲横流的社会，加上男尊女卑的文化底色，中国的男人要活出一点君子的风度真是不容易。在此我愿与你共修共勉。

在这样一个特殊而美好的时刻，我也想对我的爱人姚桂桃说几句话，今年是我们携手走过的第30个年头，这30年，无疑是我们一生中年华最好的30年，我们的青春、爱情、事业，全在里头了。30年来，我们经历过经济的拮据，事业的迷茫，身体的病痛，亲人的离去。但是，一切的磨难困苦，让我们的手握得更紧了。我是个一身毛病的人，偏执懒惰，狭隘自私，谢谢你30年来对我的包容，我从你的身上感受到了伟大无私的爱情。此时此刻，你或许在感叹时光易逝，青春不在，我们老了，但是，此时此刻，你的美丽还是惊到了我，我决心鼓起十二分的勇气，说出一直想说而没说出的那三个字：老婆，我爱你。

最后，感谢各位嘉宾，各位朋友的光临，你们的到来，带来了你们的祝福，见证了两位新人的爱情，也分享了我们全家的喜悦。祝大家身体健康，万事如意。

谢谢大家。

2019 年 10 月 6 日

# 留根太难

清明回去上坟，本来打算弟兄三个说一说盖房子的事儿，结果没说三句话就不欢而散了。其实盖房子这个事儿，我之前是和他们多次说过的，他们也同意，不知为什么又突然不同意了。总结起来，他们不同意的理由大概有九个字：没有用，不必要，添麻烦。其实我觉得这都是一些表面上的话，他们是各怀心事的。

我具体地说一说我想盖房子的理由：

1. 从我个人讲，我想在乡下有一间房子，有一个小院子，有时间回去住几天度度假，感受一下田野乡土的生活，这是一件蛮好的事情。

2. 从整个大家庭讲，有了这样一座房子，也并不是只用来我一个人住，其他人有时间也可以回去住几天度度假，感受一下田野乡土的生活。或者说，假期周末的时候，召集大家一块儿回去聚个餐什么的也不错。有了这样一座房子，大家的生活就有了交集，就有了城市之外的一个生活场所，这对于提高大家的生活品质，增强家庭的凝聚力是非常好的。

3. 通过盖这座房子，把旧院子的产权问题明确一下，现在那座旧院子的产权是不明确的。明确产权，也并不是说为了分得一份家产，而是分到一份责任。旧院子的经营和传承是农村普遍存在的一个问题，必须认真解决。这个问题单靠一个人显然是解决不了的。

为了实现以上几点，我在房子的设计上是动过不少心思的。这座房子设计上是一座二层小楼，一层二层只是共用楼梯，功能上是相互独立的。同时每一层又可以划分成相互独立的两部分，这样便于更多的人居住使用。产权上，我的想法是，现有的四间上房由吴银居住，这座二层小楼我和吴金各一层。大家共同把这个院子使用好，经营好。房子的功能配置上，不低于城里的楼房，上下水、暖气热水应有尽有。做饭采暖的热源主要用电，据我了解现在这方面的技术也是比较成熟的。我还想借此机会把现有的四间上房改造一下，换一换瓦，换一换窗户，做一做保温，加上地热采暖，这样就大大提高了这座房子的居住品质。从此咱们就不用烧火打炭了，家就可以住得干干净净了。据我所知，用电采暖做饭也多花不了几个钱，烧煤也并不省钱。

以上方案如果都能实现，我们这个大家庭的生活也就大大地提高了一个档次。通过这样一个方式，也在我们这个家庭实现了凝心聚力，利益共享，到时可能都要争着抢着回村住呢。从全村来看，在郝家寨，我们家是第一个通过正规设计盖的房子，是第一个不烧煤的房子，是第一个有了上下水和暖气的房子。我想这些在村里都会形成带头示范作用，没准儿会有好多人家也盖我们这样的房子，那时郝家寨的面貌就大不一样了。

我再从社会层面谈一谈这件事儿。

中国的城市化进程势不可挡，城市化给中国的农民带来了两大隐患：宅基地的流失，以及耕地的流失。一个农民赤条条地进了城，他面对的会是一种什么生活呢？这是一件细思极恐的事情。现在许多村里人对城市生活还抱有幻想，认为进了城就是享福去了，城里什么都好，什么都有。其实，你进到城里只有一张身份证，其他什么都没有，一切全看你自己的造化了。即使你眼下有一份工作，但生活无常，在灯红酒绿的城里，谁知道会发生什么呢？你的工作能干多久呢？这些都是不确定的。我再三地告诫人们，守住土地，守住根儿，这是命脉。现在国家还在出台政策，搞乡村振兴，以保护农民的利益，但是如果农民自己不觉醒，不争气，不作为，迟早也是保护不住的。

做这些事情当然要花钱，挣钱就是用来花的，但钱这个东西花在刀刃上也挺难的。大家可以想一想，你们没有过钱吗？你们挣的钱都花到哪里去了？有多少是花得有意义、有价值的呢？如果为这些事儿花钱是不值得、没意义的，那干什么是值得的呢？俗话说，人过留名，雁过留声，但对于百分之九十的人而言，一辈子大概只能留下一捧灰或一座坟，最后是什么也留不下来的，就像没来过这个世界一样。人们常说，把根留住，落叶归根，根在哪里呢？根就在你出生的那个地方。

以上就是我对盖房子这件事的想法。这几天还在画施工图，因为钱已经交了，设计也是要做完的。如果大家不同意就算了，我把图纸保存起来留作记念，这也算是一种传承吧。

# 人真的是有修行的

## ——怀念我的母亲王莲枝

当我匆匆赶到姐姐家的时候，母亲正静静地躺在炕上，脸上似乎还有一丝笑意，可摸摸手脚都已经凉了，胸口的一丝热气也愈来愈稀薄，母亲就这样安静地走了。前一天晚上她还吃了满满一碗粥，帮大姐洗了锅，笑盈盈地对大姐说："我吃这粗饭才吃得饱。"

母亲1927年生于浑源县下盘铺村，下盘铺村正好位于浑源县的中心，村的西边是恒山水库，站在村头往东一望，便能看见北岳恒山庙群，是一个背山临水的好地方。小时候，最高兴的事就是母亲领着去姥姥家。去姥姥家要走近10公里的山路，中间还要穿过一条长长的隧道。到了姥姥家，姥姥总是拿出好吃的给我吃。舅舅家的孩了们领着我上山摘"油瓶子"，抓松鼠，特别好玩。但这都不是我最喜欢的，我最喜欢的是看姥姥一脸慈祥地和母亲说话，姥爷坐在炕头上给我讲故事，这时的母亲像一只飞累了归巢的燕子，安安静静，一脸温馨踏实的样子。但这样的日子总是极短极短的，不出一个礼拜，父亲总会接母亲回去，我自然是极不情愿的，哥哥姐姐们也常常为此抱怨父亲不能让母亲多住些日子。可母亲很少抱怨，她总是安顿姥姥几句，和姥爷告个别，就跟着父亲回去了。

其实，即使父亲不去接母亲回来，母亲也不会住长久的，家里没有母亲的日子，实在是没有个家的样子。九口人的一大家子，一日三餐，全是母亲一个人料理。在我儿时的记忆里，有两件东西像梦魇一样折磨着我，一件是风箱，一件是碾子。母亲常常逼着我帮她拉风箱；半袋子小米一碾就是一天，母亲在后边推，我套个绳子在前边拉，一圈一圈，一圈一圈，枯燥得近乎让人发疯。但母亲从来不急，她话不多，脸上既没有喜悦，也没有忧苦的表情，总是淡淡的，不急不缓，在她这不急不缓中，孩子们也一天天长大了。

我今天的性格似乎受母亲影响很深，遇到什么事从来都不会急，并且别人越急，我反而越不急了。上学时同学们还给我起了个外号"老慢"。

其实，一日三餐只是母亲日常操劳的一小部分，九口人的衣着穿戴，缝补浆洗，是更大的一项工程。我小时候穿的鞋，从鞋底到鞋面，都是母亲一针一针缝的，那时母亲手指上总是戴着一个像白金戒指一样的东西，那个东西叫顶针，就是缝衣服纳鞋底时用的。白天，一日三餐几乎占据了母亲所有的时间，等孩子们睡下了，母亲才点上煤油灯做点针线营生，常常是我一觉醒来，看到煤油灯下，母亲不急不缓，一针一针，一脸的疲惫与安静。

母亲身上似乎有一种与生俱来的从容与大气。大哥18岁那年，得了一种叫"肠梗阻"的病。大哥是家里的第四个孩子，又是长子，他在家里的地位可想而知，得了这个病，家里就炸了锅了，胆小的父亲双腿哆嗦，一点主意也没有，可母亲心里再着急，脸上一点也看不出来，她果断却不急不缓地说，上大同医院看去吧。由于救治及时，在雁北地区医院做了手术，大哥才保住了性命。医生说再迟一步就晚了。没有母亲那句不急不缓的话，后果不堪设想。

待我进城里上高中的时候，家务事少了许多，可家里经济状况并未好转。大哥刚成家，二哥和我都要上学，那时母亲不仅在村里的学校给老师们做饭补贴家用，而且在家里养了猪和鸡。有一次从学校里回来，正好碰上母亲拔猪草回来了，大大的一个麻袋几乎盖住了她的整个身子，那是我终身不能忘却的一幕。每个星期日回家，我要干的第一件事就是给学校食堂的两个大水缸挑满水。用辘轳把水从井里提上来，挑在肩上不急不缓地走，脑子里想一些学习的事，是我能想起来的高中时光中最美好的事，边学习边帮母亲干点活，充实而温暖。

母亲一生一天书都没念过，她身上的一切似乎都是与生俱来的，对外界的事，或好或坏，总是淡然对之。我不知道母亲最喜欢吃什么，也不知道她什么不能吃，我记忆中的母亲甚至没有大声笑过，唯一一次看见母亲流泪是父亲出殡那天，母亲一个人躺在炕上，背过身去嘤嘤地哭了，像一个孩子。

为人父母，对孩子的教育是一件大事，可母亲对孩子的态度也只是本分地尽着责任，没有表扬，很少打骂，即使我考上大学，母亲也只是淡淡地笑一笑，没从她的嘴里听到半个字的赞许。母亲也从来不求人，对孩子更没有任何物质上的要求。小时候，村里细粮少，有的人家过年连一顿饺子都吃不上，可我们家从来没有过。母亲像一个规划师一样，总能把家里的日子规划得井井有条。小时候，家里要养一只羊，到了年根，把羊肉卖了，留下一副羊下水自己吃，我们家的饭桌上一整月都飘着羊肉的清香。去年在姐姐家闲坐，说起这件事，又专门买了羊肚让母亲做余饭，和当年一样好吃。

我的奶奶是一个干练厉害的小脚老太太，我有个叔叔18岁时生病去世了，那时奶奶大概只有四十来岁，从此她落下了一种奇怪的病，过一段时间就茶饭不思，愁眉不展，坐在炕上号啕大哭，脾气也变得更加暴躁。母亲就是和这样一个婆婆朝夕相处的，母亲住西上房，奶奶住东上房，共用一间堂屋。奶奶犯病的日子，母亲总是尽量给奶奶帮些忙，可奶奶似乎不太领情，两人也有拌嘴的时候，这两个要强的女人拌嘴也很有意思，她们谁也不看谁，只是各自讲着各自的道理，讲完就完了。奶奶到了晚年需要人照顾的时候，父亲每天给奶奶生火，母亲总是把每顿的第一碗饭给奶奶送去。奶奶享年93岁，在奶奶弥留那几天，一次母亲给奶奶喂水，奶奶突然睁开眼说：你咋对我那么好哩？这是奶奶对母亲说的最后一句话。

近十几年，我们兄弟姊妹七人，有下岗的，有经商的，有钱的，没钱的，每一家的日子似乎都过得不再安宁。小一辈的求学的求学，打工的打工，散落在全国各地，一大家子聚到一块几乎已是一件不可能的事。看着孩子们整天东奔西跑地忙着赚钱，母亲有一天突然对我说：其实人钱太多了不好。这句话当时着实把我惊着了，一个受了一辈子苦的女人，一个没念过一天书的女人，说出这样一句话，是哲理，还是谬语，直到今天我也没想清楚，可这句话深深地影响了我，从那以后，谁和我谈赚钱的事，我就心慌头疼。看着一张张油滋滋的写满欲望的脸，一点意思也没有，我好像成了这个社会的一个怪人。

"我吃这粗饭才吃得饱"。这是母亲留在这个世界上的最后一句话，这几天这句话老在我脑子里转。我想，这句话不正是母亲一辈子内敛、自然、淡雅生活态度的写照吗？如果这个世界上每一个人都少一点妄想，少一点贪念，多一点从容的坚持与适度的淡定，这个世界该有多美好。

母亲过世后，我的一个外甥写了一篇怀念她的文章，在这篇文章中，他把母亲比作一朵开在冰山上的紫莲，这个比喻让我很有感触。是的，母亲一生内敛、本分、淡雅、从容，热闹的地方没有她，妖艳的红、娇嫩的绿都不属于她，她就是那淡雅的紫，静静地开着，坚韧地开着，没有惊鸿一瞥，却也让人难以割舍，那淡淡的香气似有若无，丝丝缕缕，直至沁人心脾。

母亲的身体一直都出奇地好，一辈子几乎没打过针，药也很少吃，走得这么突然，有人说可能是心脏病，有人说也可能是脑血栓，可我不这么想，我觉得这是一种修行，是一种命。以这样一种方式走，肯定是母亲心里最喜欢的，静静地，从容地，一如她的一生，至死也不给别人添一点麻烦，这难道不是一种修行吗？

2013年3月13日，农历二月初二，龙抬头的日子，大地已弥漫了春的气息，在这样的日子，母亲匆匆地走了，遗态安详，微笑中好像还有一丝羞涩，像一个私奔的少女，似乎生怕别人知道。是啊，那个一生疼爱她的男人在另一个世界等她已快三年了。看到母亲的棺木轻轻地放入墓穴，和父亲齐齐地并在一起，我真的一点也不难过，恍惚间我似乎又看到了父亲和母亲相濡以沫地说话，父亲看着母亲笑。那是她最好的归宿，也是她最完美的修行。

愿父亲母亲相爱，安息。

2013 年 6 月 6 日

# 我的父亲

前几天回乡下，一进院，看见父亲佛一样地坐在炕上，看见我也没有了以往惊喜的表情。我想我该写写父亲了。

我的父亲叫吴国良，一个胸怀大志的名字，可父亲一辈子都是一个胆小的农民。

其实，说父亲是一个农民也不确切。因为，身为农民的父亲，不会种地。从我记事起，父亲先后做过生产小队财务员，大队采购员，知青食堂管理员，之后还开过小卖部，就是没有正正经经地种过一天地。据母亲讲，母亲当初嫁过来的时候，父亲也并不是农民，当时刚解放，父亲在县里当文书，也不知道是个啥职位，估计类似于秘书吧。后来发生的一件事改变了一切，和父亲同住一个宿舍的人丢了钱，报警后竟怀疑到了父亲头上，为此父亲还被关了禁闭，虽然这事大约在一个月后水落石出，还了父亲清白，但父亲出来后就辞职不干了。对于一个胆小脸薄的人，无端地被人泼了一盆脏水，那种羞辱感肯定是刻骨铭心的。

我出生后，家里已是一个九口之家的大家庭了。我上边有四个姐姐，两个哥哥，最长的大姐长我15岁。一个不会种地的男人，拖着那样一大家子，生活的困顿是可想而知的。儿时记忆中的父亲从来没有笑过，总是一幅愠怒的样子，甚至孩子们叫"爹"也不理。直到今天，"爹"字出口，我还是感到别扭。

在我们那个大杂院，住着六户人家，我们一家和爷爷奶奶共住三间上房，爷爷奶奶住东上房，我们住西上房，两家共用堂屋。拮据的日子里，婆媳共处一屋，矛盾自然是难免的，夹在当中的父亲，只有受气的份儿，但父亲从来没有和母亲真的生过气，母亲嗓门一大，父亲肯定首先哑火。现在回想起当时的生活，大致每天都是这样一副情景：炕上一口大锅盛着棒子面糊糊，灶台上一口大锅盛着棒子面块垒，炕上围了一圈，父亲一脸愠怒地坐在炕头上，母亲在地上不停地忙碌。到了夏天，大家会端着碗到院子里吃饭，而父亲从来不会。记得有一年夏天，大概是我五六岁的时候，我端着碗来到院子，不料一只大公鸡上来抢食，我一慌，碗掉在地上打了个稀碎。在那个肚子都填不饱的年代，把一碗饭撒在地上，还打了一个碗，实在是一个让人心疼的损失。这自然招来了母亲的责骂，我坐在地上不依不饶地哇哇大哭，这时，父亲破天荒地端了一碗饭来到院子，他拍了拍我的头说，别哭了，快吃吧。这件简单的事在我的记忆里是那样的清晰。

在村里，父亲算是个能写会算的人，从我记事起，父亲就是村里生产小队的财务员。财务员是个美差，不用下地干活，还有点小权。当时有个邻居，家里买了一台收音机，据说花了40多块钱，这在村里简直是一件轰动的事，这家的男人就是一个生产小队的财务员。可父亲从来连一把米都没往家里拿过，他总是早早地走了，迟迟地回来，嘴唇干干的，从来不在外边吃饭。有一年夏天的一个中午，我放学回到家，母亲告诉我，家里养的兔子没草了，让我去拔草，我提了一个篮子来到西石滩。烈日当头，空空的西石滩竟然只有我一个人。忽然，我发现远处有两个人推着一辆小车子朝我这边走来，走近一看，竟是父亲和另一个人推着一车香瓜。这时父亲也看见了我，他看了我一眼，似乎犹豫了一下，给我扔了一个香瓜，就急匆匆地走了，一句话也没说。望着父亲那慌乱的背影，那时我心里突然特别难受，觉得自己很可怜。那个香瓜最后哪里去了，吃没吃，一点印象也没有，留在记忆里的只有那毒毒的日头和父亲匆匆的背影。

大概是因为父亲老实的缘故吧，父亲先后又当了大队的采购员，知青食堂的管理员。他仍是早早地走了，迟迟地回来，嘴唇总是干干的，即使管着食堂，也从不在外边吃饭。一次村里磨面机的磨盘坏了，要到千里之外的辽宁锦州去买，100多斤的磨盘父亲硬是一路从锦州背了回来，问他为啥不托运，他说怕丢了，这事后来在大队里成了一个笑话。

1978年农村包产到户，大队成了村委会，父亲也彻底成了一个农民。面对土地，种什么？怎么种？父亲不知所措，一脸茫然。好在有亲戚邻居帮忙，才算勉强过得去。为了维持家里的生计，父亲后来又开了小卖部，但小卖部开得也不成功，到了年底，厚厚一本全是赊帐。

父亲一生胆小怕事，对不义之财有着过敏般地排斥。不论是家里弟兄，还是邻里外人，他从来都没有和人家争过什么，和别人打交道也总是只有吃亏的份儿。我有时候想：假如把父亲放在如今这个社会，他能活下去吗？但我有时候又想，父亲一生不争不占，不是也活得好好的吗？那些争来争去的人又怎样了呢？他用他的胆小、不争，规避着这个世界的险恶，他用他的善良，爱他的父母，爱他的妻子，爱他的孩子。父亲一生从来没有打骂过孩子，对自己的妻子更是疼爱有加。年老后，父亲总是先于母亲早早起来，生上灶火，等屋子暖和了才叫母亲起床。父亲还做得一手好菜，尤其是炸的油饼，特别好吃。

我们兄弟姊妹七人，每一个都至少是初中毕业，1977年恢复高考后，四姐、二哥和我先后都考上了学校，这在今天看来也几乎是一件不可能的事。一个不会种地的农民，拖着七个孩子，是多么希望孩子们快快长大，帮他一把，可他没有。"只要你想念，砸锅卖铁也供你"，这是多年来母亲搁在我心头的一句话。我的四个姐姐，都嫁给了她们喜欢的人，父亲从未提过一分钱的要求。我有时候想，父亲一生真是太失败了，软弱、胆小、怕事，一生获得的财富恐怕不及当今那些能人们的一顿饭钱。可我又想，那又怎么样呢？父亲在这个世界上，活得干干净净，他可以对任何人说：我不欠你的。试问敢出此言的能有几人？

生活的苦并没有让父亲的日子一片灰暗。平常，父亲总是喜欢把院子打扫得干干净净，他扫院子时，总要连街道也扫一遍，垃圾扫成几堆，然后就冲着家里喊，倒圪垴去。一到过年，父亲就像换了一个人，他总会把"天地君亲师"几个字写好，点上一炷香，恭恭敬敬地贴在门柱上。他还会买许多年画，年画一挂，父亲就笑了。我们家的旺火也总是早早就垒起来。到了正月，父亲特别喜欢耍玩艺儿，车车灯、故事，什么都耍。有一次，父亲竟画着脸子回家吃饭，弄得家里人很尴尬，可他一点也不在乎。

他玩得是那样的投入，那样的尽兴。沉重的日子，苦难的日子，父亲那笨拙的舞蹈，是一种怎样的生命释放啊！

父亲还有一大爱好，就是特别喜欢让人照相。依我看，父亲并不会照相，他人长得不好看，照出相来更不好看，可父亲乐此不疲，还是喜欢。我小时候，有一次父亲带我到大同姑姑家，还专门带我到大同照相馆照了一张相，那也是我现存的最早的一张相片。 2006年，父亲做了一场前列腺手术，手术很成功，可不料术后性情大变，整天枯涩地坐在炕上，双目凄迷，对什么也不感兴趣，饭量少得可怜，医院检查也查不出什么病。看着父亲一天天地衰老下去，真是让人心疼，可又有什么办法呢？我跟父亲说，咱们照张相吧，可父亲摇摇头，话都没说一句，劝了半天，才勉强出院合了个影。唉，我那个爱照相的父亲真的老了。

岁月无情，红尘有缘。父亲，我爱你！


（此文写于2010年6月，2010年9月26日8时15分，父亲不幸辞世，享年84岁。吾心撕痛，兹为念。）

# 吴氏家谱序言

吴氏溯源，或姬或虞，皆仁厚大德者也。

吾辈平庸，于姬于虞，血脉品操，皆已山高水远，望若云泥。然生而为人，来往于世，虽未必功名盖于一世，财富倾于一方，但血脉殷殷，儿孙济济，也必为吴氏一支之浩大传承也。

今吾家家谱，只可上溯五代，高祖吴氏名焕，再上则笔墨无着，音讯皆无，此乃家事之大憾也。

修谱立规，乃家族之大事。世事苍苍，后浪滔滔，修谱立规之形，德性立业之事，皆当与时俱进，万不可以旧时的陋索，缚今日之新枝。然中华文明，忠孝礼仪，厚德载物，亦当为吾辈传承之根，修身之本。

俗语云，水有源，树有根。况人乎？有源则水不竭，有根则树茂盛。是故，自吾辈起，当家中有谱，心中有责，承祖上修身齐家之大德，传世代门庭兴旺之大业。

谱者，大音之律也，有谱则声和，无谱则聒噪。修谱立德，传承血脉，代代有责。

是为序。

# 术　业

## 汶川大地震引发的对建筑物
## 抗震设计的思考

　　5·12汶川大地震使每一个中国人陷入了深深的悲痛中，听着一组组令人惊悚的灾难数据，看着电视上一个个令人悲伤又无奈的画面，我作为一个结构工程师，内心总有一种深深的自责和内疚。地震来了，我们设计的那些房子为什么顷刻间变成瓦砾？面对地震，我们真的这么无能吗？

　　我从事结构设计二十余年，在抗震问题上，我觉得有以下几个问题急需考虑解决：

　　一、　地震，作为一种最残酷的自然灾害，我国的相关法律及建筑设计、规划主管部门，并未将其放在足够重视的位置上 。

　　在建筑设计中，消防、人防、抗震是三项灾害预防设计内容。从这三种灾害的后果看，地震灾害远远大于前两项，但在相应的规范中，抗震设计的安全概率是最低的。常常有人问我，你们设计的房子能抗几级地震？我无言以对。在现行抗震规范中，采用的是"两阶段、三水准"设计理论，即所谓的小震不坏、中震可修、大震不倒。而这个"三水准"又是基于一个假设的地震烈度、地震模型下的概率设计，因此单纯的结构抗震设计与真实的地震反应是有很大出入的，并不能完全保证建筑物的安全性，至多也只能是降低损失。这也是现行的结构抗震设计无法克服的一个缺陷。

我认为现有建筑抗震设计的不足应通过其他手段加以弥补，我们既然不能保证建筑物的安全，能不能想办法保证建筑物中人的安全？譬如在每一个功能单元中设计独特的抗震避难空间（类似银行的金库），或在住宅、办公家具中配置特制的抗震避难柜等等。人的生命是无价的，过去我们常常以经济条件所限为由降低规范设防标准，其实这是对生命的轻视，只要对生命重视了，就会想出一些办法。就会有一些合理的取舍，即使我们的居所小一点，也应更安全一点。

二、现行抗震规范过分偏重理论，对抗震概念设计重视不够。

在5·12汶川大地震那种山崩地裂的大震中，任何一种计算模型都是苍白的。这时更显示出了概念设计的重要性。一个好的抗震设计，是应该在保证建筑物的整体性、延性、多重防线上下功夫，而不应该是一味地死扣地震力有多大。比如在这次地震中，破坏最严重的就是变形能力差的大空间的砖混结构（比如教学楼、医院等）和楼板整体性差的预应力空心板结构，而直到今天，预应力空心板还大行其道，有关规范也并未禁止使用。那些命悬一梁一柱一墙的建筑更是比比皆是。这些建筑用我们的抗震规范理论计算或许会满足要求，但它在真正的地震中不堪一击。因此在现行抗震规范中，我想应该有如下几个方面的改进：

1.在楼板结构中，抛弃装配结构和装配整体式结构的概念，所有建筑楼板都必须是现浇整体式结构；

2.教学楼、医院等大空间房屋应严禁使用砖混结构；

3.在砖混结构设计中，除用底部剪力法抗震验算外，必须通过增加构造柱、圈梁等手段增加其整体性和变形能力，即在所有楼层都必须设圈梁，构造柱除按抗震规范设置外，必须在所有大于800mm的洞口两侧设置。

三、现行结构设计规范中，结构体系划分繁杂混乱，许多规定、假设与实际脱节。

关于结构体系的问题，我有以下一些想法，愿与同行探讨：

现行的结构体系划分有两种：一种是以材料划分，如砖混结构，钢结构；一种是以受力体系划分，如框架结构，剪力墙结构等。这种结构体系划分的不统一，直接导致了建筑结构体系的混乱和结构设计的人为复杂化。事实上，我认为所有的结构体系都可以用框架剪力墙这一结构体系统一起来，理论上也是可行的。比如砖混结构，实际上就是剪力墙结构，其抗震构造措施也应与现行剪力墙结构统一起来。框架结构，底框结构本身就是两种非常不合理的结构体系，根本没有存在的必要，本来可以承受地震力的墙体偏要做成填充墙，这是一种削足适履的愚蠢行为。过去，由于计算手段的落后，必须把一个整体的结构简化、拆分成简单的受力体系，而在简化、拆分的过程中必然会产生误差。如今，随着结构整体计算技术的发展，过去的那种划分方法已经过时了。

现行的抗震理论，基于假设地壳是一个刚性体，地壳的震动引起建筑物的震动，产生惯性力，即地震力。试问在汶川大地震中，那山崩地裂的地壳是刚性的吗？

四、必须加强建筑抗震的立法、执法力度。

我国是一个农业大国，长期以来乡、镇、村的建筑抗震设计几乎是一片空白，这也是汶川大地震乡镇村受灾最重的原因之一。乡镇村的建筑质量不提高就谈不上我国建筑的整体水平有多高。任何一个人盖房子，也绝不是一个简单的个人行为，而是一个人命关天的社会行为。因此，在今后的建筑中，有关部门一定要汲取这次血的教训，对乡镇村的建筑工程给予足够的重视，并且进行严格管理和指导。比如每个乡成立一个抗震办，专门对其所辖村镇新建建筑进行抗震管理和技术指导，针对各地区造型、平面布置基本定型的民居，有关部门亦可出台标准抗震设计图集，供村民使用。

人命关天，抗震设计重于泰山，在此愿与每一位同行共勉。

2009 年 5 月 14 日

# 走在脚下这片废墟上

今年以来，每次走在大街上，内心总有一种说不出的难受与苍凉。不知来了哪方神仙，看哪哪不顺眼，到处扩扩扩，到处拆拆拆，一座座我们曾经熟悉并为它付出汗水，也曾经给予我们温暖的房子，一夜之间成了一堆堆废墟。整个城市变得是那样的狰狞和陌生。

我相信一座城市是有生命的，我所在的这座具有数千年历史的城市当然也是有生命的，这个生命走到今天，或许仍没有大都市的豪华气派，也没有了它身出名门的古典风韵。我们也曾经抱怨这座城市建筑的呆板，街道的杂乱。但不管怎么说，这是我们世世代代生存的家园，这仍是一座生生不息的有生命的城市，我们应当给予尊重。

从网络和电视上看到过老城区改造的效果图，我不知道这个创意出自哪路高人，从图上看那意思是要把这里做回到三百年前，这真是一个匪夷所思的创意，看了这个图，我脊梁骨一阵阵发冷，这意味着从我们这一代至少往上数三代，在这个城市所付出的心血、汗水，都要付之东流了，而且不会留下任何痕迹。这也意味着这座古老城市的生命就此戛然而止，它所有的一切将退回到三百年前定格。

有此做法，也并非先例，山西某古城早就这样做了，并且成了世界

281

文化遗产。据说此地每年游客云集，财源滚滚。此地我也去过，古城墙的雄伟，城内各商家大院的华美着实让人叹为观止。在那里我惟独没有感受到生命的存在。到处可见的是扮做各色古人的活人在不厌其烦地演戏，这真是一个可怕的场景：整整一座城连同城里的人都变成它百年前的一个标本，没有变化、没有生息、没有成长，时间在这里停顿了，活着的人也只是为了死去的人而活者。

我感到非常悲哀，我们的生命在哪里？我们的创造在哪里？

很荣幸，我是这座城市建设的参与者，走出校门20年，我为它苦心求索，兢兢业业。保护与发展，似乎是每一代建设者心中一个无法打开的结。这的确是一个难题，说它难，是因为它不可以用一个拆与不拆的简单取舍了断。我想，拆也好，不拆也好，一个城市的核心价值应该是人，是生命，任何的取舍都应该以人为本，以尊重生命为前提。那些先人们留下的古迹，也只有在充满生机的环境中，融入现代人的生命气息才有它的价值。前几天到大西街转了转，华严寺周围已拆得满目疮痍，那座曾经掩映在周围民居商铺里的漂亮的大雄宝殿显得是那样的突兀和萧瑟，恍惚间似乎要有一个千年老妖怪从门缝里钻出来，让人不敢靠近。试问，华严寺旁为什么就不能有柴米油盐的芳香？为什么就不能有现代人生活的印痕？

据说恒山旅游景区有两个自然村也要搬迁，且不说这两个村的搬迁对恒山景区自然与人文景观的伤害，做出这个决定的人你扪心自问：你把这两个村的老百姓当人了吗？你尊重他们的生命了吗？那是他们祖祖辈辈生存的土地，脚下埋着他们的列祖列宗。假如换了你，你又会咋想？

曾几何时，一切为了发展，成了一句流行语，可发展又是为了什么呢？什么是真正的发展呢？马路修宽了，你可曾想过老人和孩子过马路将更加艰难？成片的商铺拆了，你可曾想过多少人因此丢了工作失去了经济来源？成千上万的人们搬迁了，你可曾想过他们在一个新环境里生活会有多少不便？你为这一切准备好了吗？你不是说要把这里打造成宜居城市吗？什么是宜居城市呢？当一个城市的马路宽得令人眼晕的时候，当一个城市的街巷容不下一声商贩的叫卖的时候，当一个城市把老百姓从一个自由市场赶走，然后种上一片树的时候（体育场前的鱼鸟市场变成了一片树），这个城市还宜居吗？

　　"我们的城市不仅有物质价值，还有文化价值，精神价值，它是有性格，有精神，有生命的，它是活的东西。城市，你若把它视为一种精神，就会尊重它，保护它，珍惜它；你若把它视为一种物质，就会无度地使用它，任意地改造它，随心所欲地破坏它"（冯骥才语）。

　　很不幸，脚下这座古城，它的生命似乎要在我们这一代的手里终结了。我们所谓的新城，据说是由法国人规划设计的。我相信，一座城市应该是从这一片热土里长出来的，让它成长的永远只能是这块土地上劳动人民的辛勤汗水。法国人真的能给我们一个有性格，有精神，有生命的家园吗？

2010 年 10 月 24 日

# 关于浑源城建规划四个问题的回答

《北岳文史研究》编者按：

《浑源濒危古民居 | 高台院》发布后，引发了读者群体对浑源古城相关保护问题的热烈讨论。本刊认为，百年前的古民居已是劫后余生，应该秉承"应保尽保""修旧如旧"的理念，使其得到无差别、全方位的保护与修缮。但是，也有读者从宜居等角度出发，认为应该着重保存有文化引领作用的标志性古民居，没有必要全部保护，吴昱先生就代表了这方面的观点。他留言说："众城，你好。具体到这个高台院，该不该保护？怎么保护？谁来保护？保护下来干什么？这些问题相互关联且非常复杂。表面上是一个民居保护的问题，实际上是一个复杂的政治社会问题。任何一个建筑的诞生都有它的时代背景，当然也有它正常的寿命，对于99.9%的建筑，它的消亡是必然的。需要国家花巨资保护下来的建筑，必须是那种不可替代的、具有极高的历史文化含量的、对人们的文化生活具有引领作用的标志性建筑，这样的建筑是极少极少的。以这样一个标准看，高台院的分量是远远不够的。我认为，民居文化的保护应该落实到人的身上，它的材料、它的构造、它的造型制式，只有人把这些东西掌握了，才能算真正的传承了下来。"

2017年9月1日，"浑源县秋季开学典礼暨浑源中学优秀学子母校行"活动在浑源中学隆重举行，这是浑源县委、县政府首次将一大批毕业于浑中的博、硕士及优秀校友请回母校，崇尚科学、尊重知识、以身示范、传授学习经验成为这次活动的主题，书写了浑中历史上最为浓墨重彩的一页。次日，"浑源县社会经济发展论坛"在县科教局四楼会议室举办，由时任政府副县长张海波和北岳文史研究会主要发起人白震共同主持，时任政府县长王继武偕多位副县长、相关局长及40多位浑中校友与会。12位浑中校友登台演讲，他们将各自学科领域成果经验与发展特点结合浑源的实际情况，传递给县里的相关领导，为家乡的振兴发展贡献了自己的才智与见解，素以直言著称的浑中校友、国家一级注册结构工程师吴昱作了《浑源县的城市发展与产业布局》的发言。

在此期间，浑中校友们对浑源城建规划工作表示出极大的兴趣，各抒己见，气氛热烈。韩众城校友向吴昱学长提出了四个问题，吴昱经过两三天的酝酿，作出以下答复，今刊载如下。

提请读者注意的是，此四个回答为吴昱先生的独家见解，不代表本刊的观点

吴昱：

众城，你这四个问题都非常好，也非常大，每个问题都像是一个课题，恐怕不是几个帖子能说清的。这次浑源经济论坛上我做了一个发言，其实多少也谈到了这几个问题，我把我的意思大概说一下。

先说第一个问题

## 一、浑源古城应该如何规划？

我认为古城也好，新城也罢，它的规划应该是以人为本的，不是以所谓的古迹、文物为本的。在这样一个前提下，捋清历史脉络，有继承，有发展，营造出真正具有浑源历史文化特色，符合浑源人民生活需求的城市空间，这是我认为的浑源（古）城规划应有的发展方向。

今天，许多城市假梁思成之名，推崇一种所谓的新旧分开、修旧如旧的古城建设思路，比如大同，这样做，对新城而言，文化是苍白割裂的，对古城而言，文化是腐朽倒退的。更严重的是，那个"修旧如旧"的古城由于市民全部搬迁，广大市民的生活并不能与这座所谓的古城相融合，城市建筑（四合院）大都成了小部分人的奢靡之所，这是很可怕的。事实上，张吉福书记来了以后，对大同古城规划也作了一些调整，增加了一些商业项目和居住项目。我觉得这是必要的。

梁思成当年提出新旧分开，是针对北京而言的，他并没有说过所有城市都适合新旧分开建设，即使北京，他也没有为新旧分开后的旧城提供一个可行的城市功能解决方案，换言之，旧城干什么用？怎么用？这是一个大问题。昨天群友们说搞个诗社、搞个剪纸工作室等等，这些都很好，但这只是城市生活的九牛一毛，不足以撑起一座城市的生活内容。有人说搞旅游，旅游很好，但靠的是这个城市的综合魅力，仅靠一个"古"字搞旅游是很难成功的。

为什么现在各地政府都推崇新旧分开建设？我觉得真实的原因是新

旧分开好操作，容易短时间内出政绩，这是显而易见的。中国的领导在一个地方呆的时间短，想短时间内做出一点政绩，这也是完全可以理解的，但结果往往事与愿违。昨天有位群友说："古城在打造全域旅游的今天，规划古城很简单。"我觉得这句话是对的，但打造全域旅游本身可能是错的。

在这次经济论坛中，我对浑源的城市发展提出四点建议：

1.浑源城的城市定位应该是宜居历史文化旅游城市。其中宜居（市民的生活）是第一位的。旅游虽然重要，但它是建立在前两者之上的一个自然结果，不能本末倒置。

2.浑源城所有的资源都在城西，应加强城西的规划发展。

3.在城市规划中要加强城市设计工作，避免盲目"摊大饼"的城市病。

4.城市规划必须与城市产业布局相融合，避免城市工作与生活过度剥离。

总之，浑源城是浑源县二十万人民的生活家园，不断满足浑源人民物质文化生活需求是浑源城市建设的唯一目的，偏离了这个目标的做法都是不足取的。

第一个问题就谈这么多，欢迎大家指正。

**二、浑源古城的发展方向在哪里，重点又在哪里？**

首先我不赞成"浑源古城"的这种提法，因为有古城必会有新城，新旧两分的弊端上次我也说了好多，就不再重复了。

这个"发展方向"可能有两重意思，一是城市地理位置上的，一是城市发展定位上的。

从地理位置上讲，浑源城的发展方向应该在城西，这是历史传承决定的。城西的概念大概就是恒山路以西的区域，浑源城的交通枢纽、河流水系、名胜古迹、名街名巷基本都在这个区域。浑中北面有个"栗家坟"，那个位置在我小的时候印象中是很偏远的，但现在几乎快成了浑源城的中心了，旁边还有一个大广场，这种以一座坟为中心的格局真的还很少见。

城市的发展定位上，我上次也说过，浑源城的发展定位应该是宜居历史文化旅游城市。宜居历史文化旅游城市好像是一种老生常谈的说辞，但对于浑源而言，每个词都是有实实在在的文章可做的。单拿宜居来说，宜居并不是说简单地房子大点、马路宽点、空气好点，还有地域特色、生活习惯等等，这些都是宜居不可或缺的要素。咱浑源人向来对"住"是非常讲究的，现在到西关走走，虽然破败，但一砖一瓦的那种精致仍让人心生感动。如何鲜活地继承这些，让这份精致融入每个人的生活当中，（绝不是"修旧如旧"），真的要好好研究。

前天有位群友说"浑源龟城形式、内涵该挖掘保护"，我觉得这个建议非常好，"龟城形式"是浑源老城的一大特点，但该怎么挖掘保护呢？是不是像大同一样把城墙都修起来？这显然是不可能的。但可以换一种思路，比如是否可以做一个龟形文化广场，把这些历史文化元素糅合进来？是否可以在原城墙的位置恢复上三五十米，作为一个历史的标志？这都是办法。历史文化传承表达的办法很多，"修旧如旧"是最假、最浮浅的一种，可偏偏就有人热衷于这些。

浑源城发展的重点在哪里？我认为是在宜居上。宜居这件事做好了，文物保护、发展旅游肯定都不会差；宜居做不好，什么文物呀、旅游呀全是表面文章，这种事例太多了。

第二个问题就聊这么多，欢迎大家指正。

### 三、浑源古城应该保护什么，保护到哪个程度为好？

回答完第二个问题，大概就有人反对了，第一个问题还只是个概念性的东西。第二个问题涉及一些具体事，并且用词也很不友好，比如关于"修旧如旧"的看法等等。但反对也好，赞成也好，我觉得只要用心思考了、参与了，就是好事，说明大家关心这个事情。

浑源老城区的建设改造应该保护什么？

我觉得首先要保护的是老城区的街巷架构。一个城市（镇）的名街名巷那是上百年积淀形成的，不仅有历史，而且有故事，许多人的儿时记忆，家乡记忆其实都是以街巷为载体的，只要走进那条熟悉的街巷，记忆就复活了，想必好多人都有这种体会。

其次要保护好街巷名称，不能任由开发商胡编乱造，每一个街巷名称不仅仅是一个地理标识，更是一个听着亲切、内涵隽永的历史符号。

再其次每条名街名巷要认真梳理，梳理出它的人文品质、历史节点、演变进程，（这些工作众城应该大有用武之地），然后根据梳理结果对照现实状况，作一些必要的保护和恢复。这种保护和恢复绝对不是"修旧如旧"的一条街的恢复，而是一种鲜活的和历史演变相映照的恢复。这种保护和恢复也绝不仅仅是对旧社会豪门大院、官府衙门的保护恢复，也应体现近现代劳动人民在这片土地上的生息和汗水。

最后是对列为国家、省、市重点文物的保护和恢复，这是必须的。这一块国家也有相关的政策技术财政支持，好好执行就是了。

保护到哪个程度好？这个问题要具体问题具体分析。比如永安寺的保护，你修旧如旧还不够，要修旧还是旧才行；比如说县府衙门的保护恢复，这个东西是个县就有，没有什么稀罕的，有个意思就行了；比如说麻家大院的保护和恢复，我认为应该重在通过它挖掘出浑源厚重的商业历史文化，那些房子倒在其次。

总之，保护什么，怎么保护，其目的归根结底是为活人服务的，既不要历史虚无，也不能厚古薄今。生生不息，代代传承，让浑源曾经的过往时刻与我们相伴；不忘初心，不忘根本，这是每个浑源人的血脉，也是每个浑源人的责任。

第三个问题就聊这么多，欢迎各位指正。

**四、现在，古城中最迫切的问题在哪里，如何破解？**

回答完第三个问题，引起了群友们的热烈讨论，但大家说着、说着就又回到文物保护、发展旅游的思路上了，可见这个东西对我们影响有多深。

众城说"浑源近百年没有值得保护的建筑"，这个说法我是不太赞成的。比如说莫言他们家那个破院子当地就保护起来了，从建筑价值来讲，那个破院子毫无价值，但有了莫言，价值就大了，物因人贵，这是最普通的道理。当然，浑源也没出一个莫言，但浑源几千年或近百年的历史上也绝对是人才辈出的，只是我们还缺少梳理，缺少认识。

古城中最迫切的问题在哪里？我觉得从城市建设的技术层面来讲，最迫切的问题是城市规划的问题。城市规划决定了一个城市未来的发展走向，也决定了一个城市的空间构成和风格，事实上也左右了当地居民的生活方式。浑源县城应该也有城市规划图，但具体是个什么样子我就不清楚了。

在这次浑源发展论坛上，县领导大概介绍了一下浑源城的发展思路：新旧分开，神溪要修建一个超大公园，公园旁边建几幢标志性的公共文化建筑，恒山与神溪之间的浑源古城不能盖楼房，因为盖楼房就遮挡了神溪和恒山之间的视线，这也是浑源城向东发展的原因。据说这是当年耿彦波的意思，从这个简单的描述不难看出，这个思路基本上就是大同的翻版，唉，说来说去又把人搞丢了。我就不明白了，你把人搞在东边，那大公园、大公建是给谁用的呢？所谓的古城是给谁用的呢？

如果说浑源古城中最迫切的问题在规划，那么破解这个问题的钥匙只能在政府手里，把眼光放长远一些，真正把规划重视起来。现在城市规划法里要求政府要把规划成果公示，其实公示也没用，因为没几个人能看懂。倒不如在规划过程中由政府组织一个当地专家班子，适时对规划设计部门的成果提出意见和建议，这样更切合实际一些。

上次"浑中校友行"活动认识了王继武县长，王县长是同龄人，感觉上也是个踏实和善的人。这次听了王县长的表态发言，非常振奋，也非常期待。希望县委、县政府能广听民意，踏踏实实地在城市规划方面做出符合浑源实际和历史、未来、人文、自然相和谐的规划成果来，这才是真正功在当代、利在千秋的政绩。

四个问题都回答完了，欢迎各位高手指正。

2017 年 9 月

# 我要给自己做个广告

从2014年算起，我做建筑设计优化工作已经有6个年头了。之所以做这个工作，是因为三十多年的建筑设计经验告诉我，一个建筑产品，从项目立项到图纸设计到施工落地，肯定是会有好多好多问题的，而其中许多问题在设计院这个环节是根本无法解决的，这不仅涉及到建筑造价的合理性，更重要的是涉及到了建筑的功能品质，这项工作意义重大，大有可为。当然，从事这项工作的门槛也要高一些。

近年来，我也做过一些项目，虽然取得了不错的效益，为甲方创造了价值，但磕磕绊绊并不顺利。主要原因是不管开发商、设计单位，还是施工单位，对这项工作认识都很模糊，甚至排斥。

这种模糊的认识主要表现在这么几个方面：

1. 有的开发商认为，自己在房地产市场摸爬滚打多年，市场反应也不错，自己本身就是高级专家了，再聘请别人来做优化，既不信任，也没必要。

2. 有的开发商认为，现在的项目大部分是边设计边施工，哪有时间搞什么优化？

3. 有的开发商认为，设计中有一些问题是难免的，有问题找设计院，边施工边处理就可以了。

4. 有的开发商认为，地产圈的人我都熟悉，有问题让他们过来出出主意帮帮忙就行，没必要专门找人搞什么优化。

5. 有的开发商认为，我几个亿的项目，赶快盖起来变现最重要，你优化省的那点钱无所谓。

6. 有的开发商认为，设计优化就是省钱，减钢筋降低含钢量。如果不能省钢筋，就没必要优化。

设计院的态度更直接，你给我找毛病，讨厌。

施工单位则认为，我照图施工没毛病，你这要改那要改，给我添麻烦，绝对不欢迎。

凡此种种，其实我认为这些看法都是片面的，甚至是错误的。

优化要达到三个目的：

1. 提高建筑功能品质。

2. 节约建筑成本。

3. 避免重大的设计失误。

这是一个专业化的精益求精的过程，不仅需要较全面的建筑结构专业知识，而且要对建筑产品有多维度多视角的审视能力。同时还要细致敏锐，能够迅速抓住矛盾的核心，给出合理的解决方案，当然也需要一点灵感，一点悟性，这真的是很难的。

对开发商而言，以上想法并不是全无道理，但与建筑优化本身所要做的工作，不论从深度上还是广度上，距离还是有点远。建筑工程设计优化，对于许多问题而言，并不是简单的谁对谁错的问题，而是谁优谁劣的问题。许多问题不提出来，你也不会发现是问题，有的问题通过优化改进，不仅节约了成本，提高了品质，而且还会加快施工进度。这些如果没有人专门深入地去琢磨研究，是万万不可能的，更不可能是临时找几个人帮帮忙可以解决的，甚至让自己的技术团队去做也不一定行，因为他们身在江湖，顾忌的东西太多。可以设想，身在你那个江湖，谁愿没事找事呢？这几年来做设计优化，让我没想到的是，最大的阻力竟然来自开发公司内部，可能他们觉得我是在抢他们饭吃吧。其实，何至于呢？不同的岗位各有所长，你们的工作我代替不了，我只是做我擅长的一点工作而已。因此，项目优化最好的模式是：纳入项目管理流程，委托第三方进行优化。

对于设计单位而言，对设计优化非常抵触，作为搞了大半辈子设计的我也是非常理解的，自己辛辛苦苦搞出来的东西，让别人说三道四，心里总不舒服，尤其是碰上一些开发商，总认为花了设计费，设计院就应该按时保质保量完成任务，什么都会，什么都对，什么都好。这怎么可能呢？写篇文章也保不齐会有几个错别字对不对？况且往往是时间紧任务重的，不出大问题就谢天谢地了。所以说，设计优化并不是否定设计，而是与设计单位、施工单位共同精益求精好中求好的一个过程，这个过程如果能得到设计院很好地配合，开发商应感谢设计院，而不是责怪他们。

我也想和设计师同行们说几句话。我们辛苦归辛苦，但对待技术问题，应该有一个实事求是坦诚开放的态度，优化的过程是一个很好的彼此学习交流的过程，何乐而不为呢？如果在这个过程中真发现了什么大问题，那就相当于排了一个雷，对设计师开发商都是万幸中的大好事，总比真的铸成大错强吧。

如果开发商和设计师的问题解决了，施工单位的问题自然就解决了。

写到这里，肯定有人会说，你把设计优化说得这么重要，这么难，你有那个本事吗？我只能说：试试看，如果既不能节约成本，又不能优化功能，化而不优，我恭喜你，说明你拥有的设计是一流的，我不会向你收一分钱。

曾经和一个开发商朋友聊过这个事儿，他说你这个业务是做不下去的，你提出问题，别人很快就学会了，最后是教会徒弟饿死师傅。我想果真如此，我倒甚是欣慰。

总之，为人民群众提供优质的建筑产品是我们的共同追求，望朋友们帮我转发宣传，完善品质，成人之美，善莫大焉。

这是我给自己做的一个广告，也是对自己职业生涯的一个交待。能为人们住上真正的好房子出一份力，是我工作的全部意义。

# 聊聊被车压垮的桥

某市的桥垮了，垮得突然，毫无征兆。事故造成3人死亡，2人受伤。

官方说：经初步分析，上跨桥侧翻系运输车辆超载所致。

这个事要和搞结构的朋友们好好聊聊。

根据事故调查组提供的独家数据，两辆超载大货车核定载重都只有30吨左右，然而，第一辆车实际装载7扎钢卷，总重量约158吨，超载394%；第二辆车实际装载有6扎钢卷，总重量约160吨，超载455%。两辆车的实际载重都远远超过了桥梁设计时每辆车最高55吨的限载重量。

乍一看这些数据，超载车确实疯狂，罪责难逃；再一看似乎就不对劲了。桥梁是侧翻，并不是压垮断裂，55吨的限载重量是桥梁抗倾覆的设计荷载吗？不是，因为桥梁设计规范中并无抗倾覆验算的要求。（旧规范对桥梁的抗倾覆性没有强制性要求进行复核验算，新规范对桥梁的抗倾覆进行复核验算有了明确要求）换句话说，设计者对桥梁的抗倾覆并没有计算，那抗倾覆限载是多少呢？这是一个谜。

为了搞清楚这个问题，不妨看看这座桥的结构：事故桥梁为独柱墩桥，端部桥墩横向有两个支撑，但中部桥墩仅有一个支撑。浙江工业大学教授彭卫兵专家说：这种桥型最怕遇上"超载加偏载"的情况。就像一个很重的人坐一只小船，如果坐在最外侧，船就很容易向这一侧倾覆。听听，把桥设计成船了，船有水的浮力，桥有吗？

稍有力学概念的人看到这座桥的结构图片，会惊出一身冷汗，理论上讲，这样一种结构，抗倾覆能力为0，像跷跷板一样，两边荷载稍不平衡，哪怕是一根羽毛也可压翻。是不是细思极恐？那为什么此前那么多车在上面跑没有压翻呢？我想有两点：第一，事故桥梁的端部有两个支撑。第二，即使独墩一个支撑，其支撑点也并非一个点，而是一个面。这两点使得桥梁有了一定的抗倾覆能力，有多少？不难想见，没多少。据说，事故发生后，当地交通运输局宣布将对市辖21座独柱墩桥梁进行抗倾覆验算及加固，并纳入该市2020年的城建计划。希望他们把验算结果向社会公布一下。

看到这里不难明白，这显然是由于结构设置存在严重缺陷而导致的一起工程事故，超载只是压垮骆驼的那最后一根稻草。

这样的桥梁全国无计其数，尤其在大城市的立交、高架上应用广泛，大同也有，怎么办呢？这真是个大问题。

搞结构设计的年轻朋友，往往特别重视结构的计算，而忽略结构设置的合理性，这是结构设计的大忌。结构布置本身有缺陷，你再计算再保守也没用。

有的时候结构设置的缺陷，并不是由于设计人员的粗心或能力不足，而是由于设计规范中结构体系的划分和计算要求本身就有问题，比如某市的这次事故，桥梁设计规范中，设置了单柱墩结构形式却不要求进行抗倾覆验算。这种漏洞是非常不应该的，后果是极其严重的，据说新规范要补充抗倾覆验算的有关内容，亡羊补牢呀。

在房屋建筑结构设计中也有类似的情况，比如框架结构。从力学概念上讲，框架结构就是一种有天然缺陷的结构形式，因为它不具备防倒塌多道防线，尤其是底层的框架柱，就像一根倒悬臂梁一样，受力极为不利，只要有一根柱子破坏，整个结构顷刻垮塌，同时框架结构中存在大量的填充墙二次结构，对抗震也是极为不利的，历次的震害调查也说明了这一点儿，框架结构的房子在地震中是破坏最严重的。但不知为什么，几十年来，抗震规范中框架结构一直作为一种安全度高于砖混结构的结构形式在用，这几年大量的幼儿园、学校都是框架结构，并且三四米高数十米长的隔墙，仅靠几棵构造柱，几根压筋连接，安全吗？这真的令人怀疑。

话题再回到某市的桥，事故发生后，当地交通运输局宣布将对市辖21座独柱墩桥梁进行抗倾覆验算及加固，也有同行说，即使规范中没有强制要求，也应做抗倾覆验算。但是，抗倾覆验算应该怎么算呢？此桥设计限载55吨，55吨可以作为它的抗倾覆限载吗？我们不妨来分析一下：

结构设计有一个公理性的概念设计要求，即延性破坏的安全系数要低于脆性破坏的安全系数，构件破坏的安全系数要低于整体破坏的安全系数，因此才有强柱弱梁，强剪弱弯一说。换句话说，要通过结构设计，避免突发的、脆性的、整体性的破坏先于延性的、局部的结构破坏发生，这是一个基本的准则。对于桥梁而言，桥梁的倾覆侧翻是一种突发的脆性破坏，而桥梁的弯曲断裂则是一种渐变的延性破坏。这起事故中，桥梁的倾覆侧翻破坏先于桥梁的弯曲断裂破坏，这本身就说明设计是不合理的。这次事故中，55吨的限载是桥梁弯曲破坏的设计限载，如果要弯曲破坏早于倾覆破坏，则倾覆破坏的设计限载要大于55吨才是。大多少？是不是大于55吨就可以？貌似是，其实不是，55吨是桥梁的设计限荷，并不是桥梁的极限弯曲破坏荷载。考虑到设计荷载的分项系系数，钢筋、混凝土强度设计值的安全系数等，桥梁的极限弯曲破坏荷载至少在设计限载的3倍以上，这也是这次事故中，为什么超载400%，桥梁却没有断裂的原因。因此，要保证桥梁倾覆破坏不早于弯曲破坏，设计抗倾覆荷载至少在抗弯设计限荷的3倍以上或更多。据说新的桥梁规范增加了抗倾覆验算内容，不知抗倾覆限载是怎么取的，这是很有意思的一个问题。有同行说，即使规范中没有强制要求，也应做抗倾覆验算，其实这个说法是不具备可操作性的，因为对于设计者而言，倾覆限载的取值没有依据，算也白算。

笔者建议，对于倾覆这种结构问题，应该采用结构构造的手段去解决，比如单柱采用双支点，比如加强支点对梁的约束等等，而不是用倾覆验算的办法去解决。从这个意义上讲，旧规范中没有强制抗倾覆验算的规定也是有道理的。有时真还应了那句话，人算不如天算。结构布置本身就有先天的缺陷，再算也是有问题的。

最后把我曾写的一首关于结构设计的小诗与大家分享，祝大家工作愉快。

## 结构·力学的哲学诗意

强柱弱梁巧安排，高楼大厦齐峰巅。

四两拨得千斤力，一指能顶半边天。

凡力皆有三要素，大小方向作用点。

冲切拉压弯剪扭，风雪地震想周全。

构件布置细考究，配筋多少仔细算。

砖混框架剪力墙，结构形式第一关。

坚如磐石混凝土，柔若青丝数碳纤。

刚柔相济巧搭配，古寺能在空中悬。

裂缝挠度要控制，板厚梁高两相担。

力虽无影亦无形，万事它有决定权。

结构三维是整体，空间受力互肘掣。

最忌小处管窥豹，胸中没有大局观。

结构设计非儿戏，房屋安全命关天。

若问何为结构好，均衡适度不极端。

体力脑力和财力，人生最惧无力感。

有力还得方向对，不然人生易跑偏。

世界万物皆如此，没有结构无方圆。

君若悟得结构美，生活处处皆和谐。

2019 年 11 月 16 日

# 聊聊公摊面积

　　最近公摊面积成了热点。前几天一位青岛的业主，新买的住房，公摊面积高达46%，110多平方米的房子，使用面积不到60平方米。新闻曝出，舆论哗然，于是公摊面积这个东西成了众矢之的，似乎公摊面积成了如今高房价的罪魁祸首，取消公摊面积的呼声也不绝于耳，今天从网上又看到一则新闻，说内蒙古下一步就要取消公摊面积了。

　　取消公摊面积对业主真的好吗？您且别高兴得太早了。

　　先明白一下什么叫公摊面积。公摊面积是指由整栋楼的产权人共同所有的整栋楼公用部分的建筑面积。根据《商品房销售面积计算及公用建筑面积分摊规则》（1995年建设部颁布）规定，公摊面积包括以下内容：

　　1. 电梯井

　　电梯井及其附属设施的空间。

　　2. 楼梯间

　　容纳楼梯的结构，包围楼梯的建筑部件（如墙或栏杆）。同时它是一个相对独立的建筑部分，连接整个建筑的交通运输。

　　3. 管道井

　　容纳各种管道的空间，有垂直的，也有水平向的；有贯通的，也有分隔的。

4. 变电室

小区电力系统中，对电能的电压和电流进行变换、集中和分配的场所。

5. 设备间

设备间是在每一幢大楼的适当地点设置电信设备和计算机网络设备，以及建筑物配线设备，进行网络管理的场所。

6. 过道

住宅套内使用的水平交通空间。

7. 公共门厅

进入住宅后的一个较大公共空间，属于室内空间，采暖和制冷要求一般按建筑物功能要求设置。

8. 值班警卫室

设在小区大门口一侧的门房，警卫室外门口处还有升降栏杆。

9. 其他功能上为整栋建筑服务的公共用房和管理用房的建筑面积。

10. 共用墙体

住宅主体承重结构部位（包括基础、内外承重墙体、柱、梁、楼板、屋顶等）、户外墙面等。

以上解读来自于建设部的一份官方文件，这份文件叫做《商品房销售面积计算及公用建筑面积分摊规则》（1995年建设部颁布）。按照这份文件，简而言之一句话：凡是有顶子的、为业主服务的房子面积都可列为公摊面积, 比如未销售的地下室、机房、锅炉房、物业管理用房等等。

再来看看技术规范上是怎么说的:

《住宅设计规范》

4.0.1 住宅设计应计算下列技术经济指标:

——各功能空间使用面积($m^2$);

——套内使用面积($m^2$/套);

——套型阳台面积($m^2$/套);

——套型总建筑面积($m^2$/套);

——住宅楼总建筑面积($m^2$)。

4.0.2 计算住宅的技术经济指标, 应符合下列规定:

(1)各功能空间使用面积应等于各功能空间墙体内表面所围合的水平投影面积;

(2)套内使用面积应等于套内各功能空间使用面积之和;

(3)套型阳台面积应等于套内各阳台的面积之和; 阳台的面积均应按其结构底板投影净面积的一半计算;

(4)套型总建筑面积应等于套内使用面积、相应的建筑面积和套型阳台面积之和;

(5)住宅楼总建筑面积应等于全楼各套型总建筑面积之和。

4.0.3 套内使用面积计算, 应符合下列规定:

(1)套内使用面积应包括卧室、起居室(厅)、餐厅、厨房、卫生间、过厅、过道、贮藏室、壁柜等使用面积的总和；

（2）跃层住宅中的套内楼梯应按自然层数的使用面积总和计入套内使用面积；

（3）烟囱、通风道、管井等均不应计入套内使用面积；

（4）套内使用面积应按结构墙体表面尺寸计算；有复合保温层时，应按复合保温层表面尺寸计算；

（5）利用坡屋顶内的空间时，屋面板下表面与楼板地面的净高低于1．20m的空间不应计算使用面积，净高在1.20m～2.10m的空间应按1/2计算使用面积，净高超过2.10m的空间应全部计入套内使用面积；坡屋顶无结构顶层楼板，不能利用坡屋顶空间时不应计算其使用面积；

（6）坡屋顶内的使用面积应列入套内使用面积中。

4.0.4 套型总建筑面积计算，应符合下列规定：

（1）应按全楼各层外墙结构外表面及柱外沿所围合的水平投影面积之和求出住宅楼建筑面积，当外墙设外保温层时，应按保温层外表面计算；

（2）应以全楼总套内使用面积除以住宅楼建筑面积得出计算比值；

（3）套型总建筑面积应等于套内使用面积除以计算比值所得面积，加上套型阳台面积。

看了以上两种解读，是不是蒙圈儿了？不仅你蒙圈儿了，事实上许多业内人士也蒙圈儿了。因为这两种建筑面积的算法并不统一。如果按照《商品房销售面积计算及公用建筑面积分摊规则》计算，公摊面积近乎是一个算不清说不清的东西，什么东西都可以往公摊面积里算，计算的方法极其复杂，这为开发商留下了很大一个空子的同时，其实也为开发商出了一个很大的难题。据我所知，各地计算公摊面积的做法并不一致。下面说一说我所了解的大同市商品房销售面积的计算情况。

对于大同市而言，我所了解到的住宅销售面积，其实就是《住宅设计规范》中的套型总建筑面积。这个算法是比较简单清楚的，在设计图纸中套型总建筑面积也是要标注的。这个面积并不包括物业用房、设备用房、地下室，只包括楼梯电梯间、管道井、过道、公共门厅及共用墙体。

这样一说，有人可能会觉得大同市的商品房销售真是讲良心，那些该算没算的公摊面积是占了大便宜，其实不然。一个项目，其销售价格，肯定是要覆盖其所有成本的，当然也包括那些没算公摊面积的物业的成本，也就是说，面积没给你算，但钱你得出。这在法律上就留下了一个隐患，那些没算公摊面积的物业到底是谁的呢？开发商说，这一块面积没有公摊，当然是我的，你觉得合理吗？

再进一步，如果商品房销售面积只计算套内使用面积和阳台面积，换句话说，你只要走出你的家门儿，一切就都不是你的了，你觉得合适吗？许多人呼吁取消公摊面积，家里使用面积有几平方米，你就按几平方米的卖，这钱花得踏实，一把卷尺就可以搞得门清，但这样做，极有可能让你丢掉附着在这套房上的其他附加价值，甚至受制于人，这其实是很可怕的。

俗话说得好，羊毛出在羊身上。公摊面积算不算都得业主掏钱，这是毫无疑问的。不算公摊面积，钱虽花得踏实，但很可能好多东西你虽花了钱却不是你的。算公摊面积，项目繁多，算法复杂，业主缺少知情权，很可能钱花得稀里糊涂，缺斤短两，大价钱买的是"注水肉"。那怎么办呢？

问题清楚了，解决问题就不难了，两种办法各取其利，去其弊：

1.销售面积只计算套内使用面积（加阳台面积）。

2.政府明确规定，凡是保证居民楼正常运营的所有物业，包括设备用房、物业用房、门房、围墙及围墙内的景观、绿化、健身器材等，都归所有业主共同所有。

这样不是就清清楚楚，皆大欢喜了吗？如果只有其一，没有其二，简单地取消了公摊面积而不明确公摊面积的产权归属，最后吃大亏的恐怕还是业主。

不知有关部门愿不愿意采纳我的意见。

2022 年 8 月 30 日

# 远　足

## 游日本记

2019年4月14日到21日，随旅行团游日本一周。

日本国于我，印象大概来自三点，一是从小就熟悉的各类抗战题材书刊影视；二是20世纪八九十年代在中国流行的日本电器；三是伴随着录像机、网络而来的动漫。这几点放在一块，使人对日本的印象很复杂，凶残、严谨、文明……

飞行约两个多小时，飞机开始下降，从舷窗往下看，一望无际的海蓝上零星漂着一片一片灰灰的房子，像扔在水里的抹布。这就是日本吗？不由得让人心生一丝怜悯，一个浪花就可能把家打没了，多可怜。

飞机降落在大阪关西机场。走进通关大厅，第一印象是干净，机场服务人员谦恭得让人不好意思。但机场设施并不比国内奢华，有些地方甚至还有一点简陋。

去过日本的人都对日本的干净印象深刻，一上旅游大巴，导游首先再三强调车上要注意卫生，每人发一个塑料带，自己的垃圾自己带走，且再三强调街上也没有垃圾桶，要带回酒店房间。日本人都是垃圾随身的。几天转下来，街上真没有看到垃圾桶，也没看见环卫工，但路面就是那么干净，像水洗过一样。

导游说，日本的自来水是可以直饮的，几天转下来，不论是超市的公厕，还是客房卫生间，果然真叫一个干净，设备配置也绝对是现代豪华，马桶盖是加热喷水的，残卫、婴儿座椅、烘手机、卫生纸、洗手液一应俱全。这不仅让人刮目相看，简直有点"便"之汗颜了。

日本城市虽然干净，但破旧得超出了想象。东京、大阪都很旧，日本的建筑大多体量不大，超过二三十层的建筑很少，建筑造型、装饰也很呆板陈旧，用大同人的话说，简直像个大农村。日本的街上也很少有树，甚至有些地方的电线仍像蜘蛛网一样在空中悬着。导游说日本30年前什么样，现在还是什么样，这是非常出乎我意料的。

日本是一个岛国，面积不大，但山却很多，坐着大巴在高速公路上跑，两边儿不是房子就是山。日本的山不高，植被却非常茂密，不要说一个土坡，就连一块岩石都看不到，全是树，连绵起伏的绿似乎连一个人都钻不进去。今年中国好多地方的森林着火了，美国也经常森林着火，日本那么茂密的森林，好像没听说过着火，不知为什么？

日本的民居以木质小别墅居多，说是别墅，其实大多数就是简单粗糙的木质二三层小楼，并不精致，更谈不上奢华。导游说这些别墅一栋大概人民币300万左右，比中国的房子便宜，日本的孩子成年后一般都搬出去自己租房住了。

日本城市里很安静，没有人喧哗，街上行人也很少，每个人都急匆匆地走，很忙的样子。街上的汽车碰上行人也绝对礼让，更不会胡乱鸣笛。导游说日本司机在看到有生命危险时才会鸣笛。

在日本的街巷里，经常会看到神社，神社类似于中国的庙，但供奉的好像是有真名实姓的故去的人。有一次路过一个居民区，旁边竟有一大片墓地，墓碑林立，活人死人混居，这种场景在国内是绝对看不到的。在日本，看了两个寺庙，一个叫大华严寺，一个叫清水寺，日本的寺庙不论格局还是规模，和中国都没法比。最有意思的是，导游说日本有一种和尚是留头发的，也能喝酒吃肉，娶妻生子，真是天下之大，无奇不有。

在清水寺景区，看见许多穿着和服的女孩和情侣，也有一些三口之家。那些穿着和服的女孩真是好看，宽宽的袖子，华丽的图案，一双木屐，碎步轻移，配上樱花一般粉白的肌肤，真是十二分的温柔，可一听说话，满口京腔国韵。导游说在这儿穿和服的，有中国人也有日本人，走路内八字的是日本人，走路外八字的是中国人，这个鉴别方法倒是有趣儿。

在日本吃饭像是吃药，一碗米，一碗汤，半碗菜，还有一小盒纳豆，每人一份，量也不大。他们似乎并不在乎饭菜的味道，而更在意营养的搭配。导游说在日本人一般只吃七分饱，饭比较清淡，日本胖子很少。

日本人生活的严谨细致，世界少有，这次我也深有体会。他们干净、守时、诚信、尊重规则。他们似乎总要把一切做到极致，在日本的宾馆，进入客房能看到这样一则提示："客房内的清扫不周，仅在进入客房的第一时间受理，如有发现任何问题，请在第一时间通知前台，我们将会立即为您处理。"就是这样一则简单的提示，其用词严谨堪比法律文书。在机场还看到过这样一则提示："巨大地震发生时（5级以上）馆外避难。"其陈述之严密像规范条文，日本人做事的严谨由此可见一斑。

中国人在日本前面总爱加一个"小"字。导游说，日本早年就实行了全民营养规划，牛奶非常便宜，保证每人每天一杯奶，现在日本人平均的身高已不比中国人低了。但这次对日本的"小"还是感受颇深的，日本街上跑的小汽车明显比国内的车小了一号，日本的客房更是室小如斗，卫生间虽然干净豪华，但面积小极了，除去卫生设施，几无立锥之地，但小归小，处处又似乎非常妥贴，有一种刚刚好，不浪费的美感。最不可思议的是，客房钥匙不是磁卡芯片之类的，而是最老旧的那种，还带一个大钥匙链，这在国内早就见不着了。

来日本之前就听说，日本已进入了银发社会，给我们开大巴车的司机，头发尽白，至少60岁以上，他每天开车10多个小时，还要负责给旅客搬运行李，非常辛苦。旅馆、商店、出租车，大部分工作人员也都是老者，有一天在路上甚至碰到一个老太太推着小车卖菜，步履蹒跚艰难，腰几乎弯到了90度。日本导游说，这些老人其实并不可怜，他们养老金很高，非常有钱，只是喜欢出来工作。日本的老人绝对不会为子女照看孩子，他们认为这是孩子们自己的事儿。导游的这个说法，我并不以为然，人老了需要的是什么？有钱就不可怜吗？辛苦一辈子，无法停下来，最终只能孤独地老去，多可怜呀。发达的资本主义制度创造了丰富的财富，但也物化了社会，阻隔了亲情，幸福到底是什么呢？

日本是樱花之国，到日本赏樱花自然是不可少的。四月下旬，大阪、东京的樱花已近尾期，树上已不是如霞如云的粉白，花瓣片片飘零，给人一种忧郁的美感。樱花的花期非常短，从开花到凋谢才七天左右。开得绚烂，去得决然，这也正契合了日本的武士道精神。在日本有一句谚语："花则樱花，人则武士"。导游说，樱花会让人有一种武士道的伤感情绪，樱花季自杀率会增加。在去富士山的路上，不时会看到系着红绳的树，他说每一棵系红绳的树都是当年在那里寻到自杀者遗体的标记。

在日本除了武士道，还有黑道，黑道也是从武士道来的。导游说，日本的黑道和政府是和平共处的，黑道把控着日本的色情、赌博产业。日本福岛大地震时，方圆60公里成了无人区，正是黑道首先发起全国募款赈灾活动。

转到第五天，就有点不想转了，日本的生活氛围，给我一种呆板，沉闷，压抑的感觉。有人从日本回来以后，就说日本有多么干净，日本人有多么文明。其实照我看，也不尽然，日本的干净首先有得天独厚的地理优势，四面环海，植被茂盛，没有一点裸露的土层，这是干净的基础。日本人对生活垃圾科学管理，严格分类，这是值得我们学习的地方。日本是一个发达的资本主义工业化国家，科学化、标准化的理念已经渗透到他们生活的方方面面，整个国家在工业化的同时，每个人也不可避免地工业化了，人似乎成了一种产品，而不是一个个有血有肉的人。如果说这是一种文明，也只能说这是工业文明，而非人性文明。反观我们国家五千多年的农耕文明也渗透到了我们生活的方方面面，皇天后土，儿女情长，虽然我们的生活在许多方面看起来粗糙些，落后些，但人性的温度更饱满，更温暖。如今，中国的工业化飞速发展，日新月异，或许日本的今天就是中国的明天，但这并不是一个令人期待的结果。

导游说，日本人的姓氏非常特殊，据说起初普通的日本人并没有姓，某年某月的某一天，日本天皇诏告天下，要求每一个日本人都要有一个姓，日本人一下不知道自己该姓什么，于是，家在山上的给自己取姓山本，家在河边儿的取姓渡边，家门口有棵树的取姓松下，家里有口井就取姓井上，最奇葩的还有姓葡萄的。

日本人的祖先在哪里？这是一个谜。有日本学者研究说日本人的祖先在中国云南，也有民间传说秦始皇统一中国以后，为了寻求长生不老药，曾派徐福率领3000名童男、童女，乘由50艘船组成的庞大船队，东渡日本寻找长生不老药。结果没有找到，徐福想打道回府，有手下提醒他，你没有完成皇上交办的差事，回去只有死路一条，不如干脆留下来，徐福一行就留下了。这当然只是传说，日本人的祖先在不在中国姑且不说，日本文化受中国文化影响久远而深刻，这是确信无疑的。日语中夹杂着许多汉字，即使那些日语假名，也像是拆开的汉字笔画。从唐代东渡的鉴真大师到近代中国革命先驱孙中山，中日间经济、政治、文化交流更是源远流长。20世纪的日本侵略战争，在中国人民的心里埋下了深深的伤痛，但这种痛是一种打断骨头连着筋的痛。以史为鉴，开创未来，中日两国友好下去，这是人民之福，世界之福。

2019 年 05 月 21 日

# 武汉印象

2019年10月26日至11月2日，武汉一游。

到武汉玩一玩是我很久以来的一个心愿了，关于武汉，打小听说过的故事就很多，比如黄鹤楼，比如长江大桥，比如武汉大学，比如武昌起义，比如"才饮长沙水，又食武昌鱼"等等。

很奇怪，第一次来武汉，竟没有一点儿陌生感，从武汉天河机场乘地铁2号线，在循礼门如家宾馆落脚，真有一点宾至如归的感觉。循礼门就在长江的边上，临水而居，心里踏实。

逛江汉步行街，正赶上周六，人特别多。步行街区由几条老街组成，两边老旧的欧式建筑居多，也夹杂一些或新或旧的其他建筑。不算特别奢华，但也不乏精致讲究之处，处处散发着一种"祖上有钱"的味道，不由得让人放慢了脚步。两旁的商肆店铺，大多为小吃饭店。在来武汉之前，就听说武汉人爱吃。果不其然，街上走的，路边站的，几乎没有嘴里不吃东西的，什么热干面、豆皮、藕丸子、煲仔、烧梅、面窝，各种各样大大小小的串儿，煮的烤的应有尽有。在这些食客中，女性大概能占到70%，尤其那些女孩子，画着精致的妆，吃着一串串乱七八糟的东西，还透着股满满的淡定幸福的气质，真是有意思。武汉有一种小吃叫热干面，没来之前以为是一种什么特殊的美味，来了一吃才知道并没有什么特别。所谓的干就是没有汤只有面。所谓的热就是不凉。里面的调料也无非是些肉丁菜丝儿之类，味道一般般。说实在的，这一类面哪儿都有，但为什么独独武汉的热干面成了一味名吃呢？令人纳闷儿。武汉的串儿也很有意思，小的竹签细穿，肉如米粒儿，10元30多串。大的长有尺余，肉如鸟蛋，一串儿就要20元。

　　武汉在中国的中部，但在我的印象中，武汉应属于南方城市。虽然有"天上九头鸟，地上湖北佬"一说，但想象中的武汉人还应该是那种精致小巧，声柔心细的风格。一见之下，非也。武汉人个头不小，性格也豪爽。就凭那吃相就有十二分的豪气，街上的女孩子，或三五成群，或独来独往。她们大都身形高挑，画着精致的妆，走起路来不急不徐，娉娉婷婷，淡定雅致，非常打眼，很有一点儿大小姐的作派。这真是让人刮目相看了，武汉在我的印象中并非富裕发达的地方，他们身上这种大家子气是哪里来的呢？

　　武汉地儿大，分为武昌、汉口、汉阳三大部分，这三部分隔着长江汉水。各类景点星罗棋布，光一个东湖面积就相当于五个杭州西湖。在武汉转是少不了跑路的，但武汉的交通路网非常发达。转了几天下来，竟没有堵车的状况。这在大城市里是少有的，武汉的道路街巷，布局细密灵动，似乎没有太宽的路，也不是那种棋盘式的，因形就势，通达性非常好。更好的是，武汉在管理上也很人性化，比如武汉大学校园，基本上是半开放的，社会上的车辆也可进进出出，这极大地缓解了武大周边的交通压力。

这些年有些城市的建设管理，简单粗暴，一味地修路，一味地扩路，一味地栽树种草，一味地高架立交，一味地限行禁停，既不科学，也破坏了城市原有的肌理结构，大而无当，华而不实，反而弄巧成拙，越修越堵。武汉路巷的名字也非常好听，长堤街、汉正街、花楼街、户部巷、昙华林……听着就有故事。一个人在城市生活，承载城市记忆的其实是熟悉的街巷，街巷在，就能找见回家的路。许多城市在改造中，一些老的街巷消失了，取而代之的是封闭的小区，起一些奇奇怪怪的名字，陌生而莫名，似乎在家门口就背井离乡了。武汉是一个远行游子能找见回家路的温暖的城市。

武汉可看的景点很多，人文故居，名街名巷，楼馆寺台，江河湖泊，但我觉得最应该好好看的是武汉的江滩。江滩不稀奇，有江的地方都有，但武汉的江滩独一无二。说其独一无二，首先在其大，武汉的江滩从长江水岸到滨江大道，其宽度目测足有数百米，中间台岸跌宕，绿树葱茏，或雕塑小景，或健步大道，或浓荫园路，或文化广场。亭台流响，细沙拍岸，汽笛阵阵，临江迎风。置身其中，不由得让人意气风发，莫名惬意。武汉人有这样的好去处，老天真是厚爱了。

殖民地是中国近代史上的一块疤。世事变迁轮转，如今，那些"疤"都成了城市的景，比如上海外滩，天津五大道，青岛八大处等等。武汉也有这样一块"疤"，并且还不小，在武汉市汉口区沿江大道中段，江汉路以北、麻阳街太古下码头以南、中山大道东南的滨江地段，约2.2平方千米的土地上，哥特式、洛可可式、巴洛克式等欧式建筑一应俱全。这些19

世纪60年代至20世纪上半叶汉口租界的遗存，从西南向东北排列，分别为英、俄、法、德、日五国租界。汉口租界的数量仅次于天津，居全国第二位。廊柱、坡顶、拱券，昂贵的石材，精美的造型，走在这些建筑间，不难想象当年殖民者的趾高气昂，骄横跋扈，也让人不由得五味杂陈。 我想，当年列强顺着长江来了，终究他们不也顺着长江走了吗？中国人是长在这块土地上的，与天地同在，谁也无法战胜他们，这是黄土地的力量。

一座好城市必然要有一所好大学。就像说一个人有文化需要一张好文凭一样，好大学就是那座城市的文凭。武汉有好大学，且不止一所。比如武汉大学、华中科技大学、华中师范大学、武汉理工大学、中南财经政法大学等等， 据说武汉是全国在校大学生最多的一个城市。当然，以学校历史传承、教研实力讲，还是以武汉大学为最，武汉大学就在东湖边上，非常漂亮，校园内有珞珈山，有樱花树，据说一到樱花时节，到武大看樱花的人络绎不绝。这种开放式的校园管理似乎并没有影响武大的教学秩序，反倒成了一种有趣的校园文化。

在武汉常能看到这样四个字："惟楚有才"，这真是一句自大吹牛的话，但这个楚字，确实也让人不敢小觑。毛泽东说，极目楚天舒，区区五字，霸气外漏。武汉三千八百年的历史画卷，亦如长江水一样跌宕惊艳。高山流水，赤壁大战，岳飞抗金，辛亥革命，在每一个重大的历史节点，武汉人总会挺身而出，作出舍我其谁的选择。特别是近代以来，武汉更是聚天下有志之雄才，领革命澎湃之风潮。开国领袖毛泽东中流击水，指点江山，在武汉留下了无数足迹，著名的《湖南农民运动考察报告》就完成于武昌都府堤41号。更令人吃惊的是，从1953年到1974年，毛泽东到武汉视察达四十八次之多，有时一年四次，是怎样的风水宝地，让这位旷世伟人心系无两，梦绕魂牵呢？

写一个城市，当然不能不说它的经济。武汉似乎处处得到了上天的厚爱，有山有水有良田，有工有商有资源。九省通衢，天下四聚，南宋诗人陆游在经过武昌时，写下"市邑雄富，列肆繁错，城外南市亦数里，虽钱塘、建康不能过，隐然一人都会也"。可见武汉的繁荣是多么的历史悠久。1889年，张之洞出任湖广总督后，在武汉施行洋务"新政"，兴办工厂和学校，民族工业乘势得到发展，"江汉制造"成为了中国近现代工业的靓丽名片。清末，汉口开埠和洋务运动开启了武汉现代化进程，使其成为近代中国重要的经济中心，被誉为"东方芝加哥"。写到这里，我也似乎明白了武汉人的"过早"（早点）为啥是热干面而不是清汤面，也明白了武汉姑娘身上的那一份从容雅致是来自何处，人家的祖上真是有钱呀。

匆匆一游，此行不虚。武汉是个好地方，临别竟有一些流连，日后或许还会有缘吧。

2019 年 11 月 25 日

# 欧洲游记——德国柏林

有钱了你最想干啥？世界那么大，我想去看看。这似乎是每一个人的梦想，但于我而言，等有钱恐怕是等不急了，出去看看是非常迫切的一件事。岁末年近，由女儿女婿牵头，与亲家相约一游。这次出游，非常特殊，一行六人，女儿、女婿及他们各自的父母亲，这样一个组合既亲切又陌生，旅途跌宕奇妙，令人难忘。

第一站：德国。

德国是我很想去的一个国家，出国前对于德国的印象破碎寥寥，马克思、奔驰、宝马、大众，这几个元素都很硬核，串在一起，德国人给我的印象就是，睿智、理性、严谨、大气。

航班到达德国机场，是当地下午5:20，北京时间晚11:40。北京时间比德国时间早约6个小时。出机场坐大巴，经约一小时车程，来到预定的酒店。在酒店安顿下来，已是当地晚7点多，相当于国内凌晨1点，早已人困马乏了。同行的昊天说，要想快速地倒时差，必须按照当地的饭点儿吃饭，于是大家稍事休息，就又出门儿了。

走在德国的大街上，下意识地深吸了几口气，也下意识地抬头找了找月亮，一切都很好奇，似乎很迫切地想把以前别人说的对国外的印象作一个印证。来到一家饭店门口，店员正拿着菜单招揽客人，对我们一行甚是热情。坐下，点菜，一杯啤酒下肚，也渐渐地自在了些，四下一望，全是当地人，心中暗喜，有道是你站在桥上看风景，看风景的人在楼上看你，一不留神，自己也成了别人眼中的老外，想到这些，不由得挺胸抬头，端端地坐正了。在国内时，常听到有国外回来的朋友诟病国人吃饭嘈杂喧哗，吃相不雅。今坐在老外饭店吃饭，似乎确实安静了些，外国人吃饭三三两两的居多，一大桌了十几号人聚餐的极少，互不劝酒，互不夹菜，各自一份，安静地吃，聊天，谈生意。其实餐桌上老外的话更多，只是他们说话的声音确实小了一点。

在柏林有一个博物馆岛，说是岛，其实也不是岛，是两条河流交汇的三角地带。岛上有五座博物馆，我们参观了其中的一座——佩加蒙博物馆。佩加蒙博物馆分三部分，文物收藏馆、远东博物馆和伊斯兰艺术博物馆。所展出的有古代希腊、罗马、波斯等等的大量文物珍品。其中包括来自古罗马的米列之门，古波斯的巴比伦城门和土耳其的古代宫墙等等，都是难得一见的珍宝。这个博物馆内的展品都是永久性展出的，这些展品都不是德国自己的历史文物，德国人把这些文物从希腊、波斯、罗马千里迢迢运回来，经过精细地修复，展示给人们看，其过程之难可想而知。我对这些文物是无甚兴趣的，顶多也就是一个好奇，我也不明白，德国人为啥对别人的东西这么感兴趣呢？

德国国会大厦上的玻璃穹顶是很有趣的一个构造，这个大玻璃球直径近百米，贴着穹顶内壁，是宽近两米、交错双向的螺旋式通道，裸露的全钢结构支撑，参观者可以通过它到达50米高的瞭望平台。沿着通道缓缓上行，庄严的勃兰登堡门、现代的柏林火车站、蜿蜒的斯普雷河、蒂尔加滕公园……360度全景的柏林城在眼前徐徐展开，蔚为壮观。

德国国会大厦穹顶是在世界建筑界颇有影响的一个绿色建筑，通过巧妙的设计，在通风、采光、排水、采暖等方面都达到了自然环保节能的要求，同时其结构设计也非常匠心别致，我一直好奇那宽达两米的坡道是如何从穹顶壁挑出来的，找了半天也只能看到每隔七八米远的一个个铰支撑，没有任何斜拉斜挑构件，非常神奇。后来似乎想明白了，人家不是从穹壁挑出来的，而是利用穹壁端起来的。

德国国会大厦，其政治功能相当于中国的人民大会堂，是一个纯古典的欧式建筑，放在顶上的大玻璃球现代通透，与建筑主体形成了强烈的对比，这似乎也体现了德国政治开放包容的一面。穹顶内展示着德国议会各个时期的重大史料，站在穹顶里俯视下方，可以看到德国议会大厅蓝色的座椅。假想议员发言，仰视穹顶，会不会有一种日月昭昭的敬畏感？

勃兰登堡门是柏林另一个重要的古迹，其性质类似于法国的凯旋门。第二次世界大战后，柏林城一分为二，勃兰登堡门就在柏林墙的边上，1989年柏林墙倒塌后它成为了两德统一的象征。勃兰登堡门最初是柏林城墙的一道城门，因通往勃兰登堡而得名。1788年，普鲁士国王腓特烈·威廉二世为纪念普鲁士在七年战争取得的胜利，下令重新建造勃兰登堡门，历经三年，于1791年完工。

在柏林有许许多多和战争有关的建筑物，比如，位于蒂尔加滕公园的胜利纪念碑，苏联战争纪念碑，欧州犹太人被害纪念碑，柏林墙等等。在柏林大街上，还有一座二战时被炸残的教堂，直到现在也没修好。这真是一座伤痕累累的城市，战争的洗礼铸就了这座城市庄严厚重的气质，也成就了德国人严谨坚强的性格，过往的胜利、失败、分裂都赤裸裸地摆在那儿，不迁就，不遮掩，不逃避，不颓废，昂首挺胸，目光坚定，这就是德国人。

谈到德国人，不能不谈哲学。哲学是关于世界观和方法论的科学，是人类文明的集大成者。德国历史上伟大的哲学家很多，黑格尔、尼采、叔本华等等，马克思无疑是他们中的佼佼者。马克思主义学说在资本主义世界掀起了狂风暴雨，也给全世界无产者带来了希望的曙光。但在资本主义世界，他无疑是一个很不受欢迎的人，德国人虽然给了他一定的位置，但与他的伟大成就相比，远远不够。在德国一个不大的街头公园，看到马、恩的塑像，有点冷清简陋，心情索然。

德国人的严谨世界闻名，以前只知道德国车皮实抗撞，安全性好，这次切身感受到，德国人对物件安全性的看重，真是一点也不含糊的。街头的一扇小铁门，花园的一根小栏杆，厕所的一个小挂件，用的竟都是不折不扣的超厚的实心钢板，用餐的刀叉抓在手里也是分外沉甸甸的，绝对可以传承百年。或许凡事利弊相随吧，德国人严谨踏实的性格成就了他们世界一流的机械工业，但在飘忽快变的电子工业方面，他们似乎落伍了。在宾馆客房内，用的竟是在国内早就淘汰了的老旧的LG牌电视机，恍若倒退了十年。德国人人高马大，但德国宾馆的床却非常窄小，像一张按摩床，一翻身就会掉下来。起初不理解，睡了几个晚上，感觉到了床小的妙处：

你是绝对不会乱踢乱翻的。闭目平躺，四肢平直，既睡得踏实，也养成了一个好的睡觉习惯。

德国是世界著名的音乐之乡，巴赫、贝多芬、施特劳斯，个个都是音乐大神。在德国三天，按计划是要听一场音乐会的，据说还要西装革履，正装出席。到了现场，虽然没有那么玄乎，但看得出来每个人还是用心打扮过的。安静地进场，安静地聆听，就连鼓掌也是不急不徐的那种。中间休息，要一杯红酒或咖啡，三三两两安静地聊天，金发碧眼，灯影绰绰，恍若画中。这种场面真算是开了眼，身处其中，自己也觉得似乎高贵了起来，对一窍不通的音乐也逐渐听出了一点悲喜，一点浪漫。这就是传说中的高雅生活吧，生活或许真是需要有一种仪式感的。

在国外吃饭是一个大问题，国外菜单没有图片，有时点的以为是咸的，端上来却是甜的；有时想喝稀的，端上来却是干的。有一次同样的菜竟来了两份，让人哭笑不得。德国有一道菜小有名气，德国猪肘子，尝了一下，味道一般般，幸亏有德国啤酒解腻。连吃两天西餐就难以下咽了，大年三十晚上在一个大商场里找见一家中餐，吃了饺子，却是蒸的。旁边开阔处正在搞一个推销活动，他们推销的方式很特别，穿着传统的德国农民服饰，甩马鞭，跳集体舞，很是热闹。吃蒸饺，看舞蹈，这是一个特殊难忘的大年三十。

三天的德国之行很快结束，整体感觉柏林这座城市开放包容，朴实大气。不奢华，不做作，却也处处透着一种精致用心的气质，亦如他的人民一样。

你好，柏林。

# 欧洲游记——西班牙马德里

按照旅行计划，2020年1月25日，结束了德国三天的行程，乘西班牙航班，到达西班牙首都马德里。

在马德里住的是市中心的一处民宿，房东帮我们联系了商务车接机。走出机场，天低云沉，凉风习习，典型的地中海气候，感觉很舒服。进城时，天空飘起了细细的雨丝，隔着车窗往外看，高楼绰绰，一群一群的大鼻子外国人匆匆一掠而过，像是电影中的画面。

汽车在一条巷子停下来。临街的一扇小铁门儿进去就是我们要住的地方了。这是一套三室一厅一厨三卫的房子，布艺沙发、电视、餐桌，一应俱全，墙上挂着几幅好看的油画，陈设简洁讲究。

在马德里首先惊到我的是它的街巷，这样的街巷真是第一次看到，宽约七八米，高低起伏，交错密布。路的两旁也没有绿化，全是大大小小的店铺，以酒吧饭店及工艺品店居多，两旁的房子一致地挤在一起，像两堵密不透风的墙。房子的窗户都是落地的那种，带着一个小小的阳台。住民宿有一个好处，使你能够很快地融入了解当地人的生活，这也是旅游的一大妙处。开始住在这样一个环境，感觉有一点儿闷，但这种感觉很快就被这里浓郁的生活气息融化了。夜晚降临，华灯初上，雨后的巷子更加斑驳陆离，人渐渐多起来了，酒吧里人声鼎沸，饭店里美味飘香，一群群的男孩子女孩子走过，甩下一串串的笑声。站在阳台上，点一支烟，远眺近瞻，有一种说不出的安逸和温暖，这才是生活呀。

在马德里游览的第一个景点是丽池公园。大多数人旅游不爱逛公园，其实到一个地方转转公园是很有意思的，那里不仅有花香鸟鸣，也有当地的历史、风土人情。

丽池公园是曾经的西班牙皇家园林，类似于中国的颐和园。非常开阔宏大，参天的大树，茂盛的植被，浩淼的湖面，飞翔的海鸥（不知是不是海鸥），置身其中，恍若世外仙景。马德里人特别爱运动，身旁不时有三五成群的人疾跑而过，园内还有一个足球场，有几支少年足球队正在训练，孩子们的奔跑欢笑，给安静的公园凭添了几分生机。

丽池公园不仅植被茂盛，树种繁多，这里的人文景观也不少，最著名的有水晶宫、人工湖及阿方索十二世国王雕像等等。水晶宫是一座漂亮的玻璃建筑，是1887年修建的，其根源来自位于伦敦的水晶宫。阿方索十二世国王雕像临湖而建，非常雄伟霸气。最漂亮的还数人工湖，湖面清澈浩荡，碧波泛着金光，游船点点，飞鸥阵阵，夕阳西照，真是一幅绝美的湖光水色画卷。

丽池公园还有与中国有关的一段佳话，便是三毛与荷西的故事，荷西就是在这个美丽的地方和三毛说："你再等我六年，让我四年念大学，两年服兵役。六年以后，我们可以结婚了……"三毛和荷西的故事害得不少中国的女孩子来到丽池公园做她们的爱情梦。心若在，梦就在，有梦做，挺好。

　　普拉多博物馆是马德里的一个必去之地，这座博物馆建于18世纪，被认为是世界上最伟大的博物馆之一，藏有拉斐尔、米开朗基罗等大师的油画作品。流连于这些大师难得一见的真迹之中，确实有一种莫名的兴奋。我常常惊诧于油画的神奇，近看各色油彩涂抹得乱七八糟，后退两步，细腻的皮肤，精致的衣饰，温柔的眼神，跃然眼前，这真是太神奇了。有一幅画中年女性裸体的画，那丰腴的微微松弛下垂的皮肤，逼真得真是让人不敢靠近。这些画作中，大多以神权皇权为题材，夹杂有一些描写宫廷生活的，在我看来，缺少了大众的生活气息，腐朽不堪，看得多了也就腻了。

　　普拉多博物馆也是售票进场的，但每周五会留出一个时间段。照顾一下囊中羞涩的人。这是一个很人性化的办法，我们也跟着沾了光，但要排很长很长的队。排队并不枯燥，这似乎更激发了人们观看的欲望，大家看着景，聊着天，缓缓地往前走，悠闲自在，非常有趣。

　　来到西班牙不看马德里皇宫，就等于到了北京不看故宫一样，肯定是要看一下的。马德里皇宫建于1738年，历时26年才完工，是世界上保存最完整、最精美的宫殿之一。皇宫外观呈正方形结构，类似法国的卢浮宫，内部装潢则是意大利风格，宫内藏有无数的金银器皿和绘画、瓷器、壁毯，以及其他皇室用品。富丽堂皇是不足以形容西班牙王宫之奢华的，汇聚世界之精华，堆砌皇宫之绚烂，每一面墙，每一个顶棚，每一块地砖，每一件摆设，都价值不菲，来头吓人。

　　马德里皇宫的主体结构全部由石头构成，西方人的石头工艺真是令人赞叹，大到屋顶拱券柱廊、窗套檐线，小到门套扶手、地面拼花，其用料之精美，工艺之精湛，疑为鬼斧，令人叹为观止。

值得一提的是，马德里皇宫并不像故宫一样成了一个纯粹的博物馆，现在许多皇家外事活动仍是在这里举行的。

吃，是在马德里不得不说的一件事，语言已无法表达我对马德里美食的喜爱。鱼类、肉类、水果、蔬菜、奶酪，配上各种冷饮或鸡尾酒，每一道菜每一杯酒看起来都是那么的浓烈而富有个性，色彩如此之鲜艳，用料如此之丰富，做工如此之多样，吃起来又是如此香气绕舌，令人回味无穷。这完全颠覆了我对西餐的印象。

有趣的还有饭店的装饰，一家一样，家家个性十足。有一家墙上竟挂满了女人的鞋子，有一家的餐凳是用破木头装订的奇奇怪怪的造型，像是毕加索的画。就连餐巾纸也是粉红蓝绿，姹紫嫣红。这样鲜美丰富的食物自然是无法冷静平淡地吃下去的，西班牙人吃饭可一点也不安静，像是开辩论会，又像是开联欢会，每个人都在兴高采烈地说话，配上西班牙语特有的打舌音，叽叽喳喳，像晨鸟开会，格外热闹好听。西班牙饭店的服务生也很热情大方，面包随便加，端个盘子像跳探戈，"中国""你好"，时不时来句西式汉语和你打个招呼，临走还要照个相。

马德里城市的布局像它的人民一样活泼灵动，路网布置以大大小小的城市广场为节点，放射环绕，细密随意。没有太宽的马路，更没有太多冗繁的绿化带隔离带，行走生活非常方便。现在国内城市的马路越修越宽，动辄宽六七十米，双向八车道十车道，过个马路战战兢兢，好不容易等个绿灯，走一半又红了，比过敌人的封锁线还难。马德里的建筑基本都是纯欧式的，色彩明快，装饰朴素大气，从红陶筒瓦到手工抹灰墙，从弧型墙到一步阳台，还有铁艺、陶艺挂件等等，都表达出了西班牙建筑的风格特征。

我感兴趣的是西班牙建筑的取材，非常朴实精细，有一种斑驳的、手工的、比较旧的感觉，但却非常有视觉冲击力，无论是在外形处理还是铁艺、门窗及外墙施工工艺方面，都能体现出手工打造的典型特征，给人以一种温暖的岁月悠长的味道。

马德里作为西班牙的首都，有着无限的艺术文化与人文气息。翻查网络数据，马德里竟拥有36个古代艺术馆、100多个博物馆、18家图书馆和100多个雕塑群。这真是一组惊人的数据，在马德里的街街巷巷，各种各样的雕塑随处可见，每一座雕塑都有一个故事，记载了这座城市的变迁和荣光。但我觉得这些并不是最重要的，最重要的是艺术的血液已流淌在了每一个马德里人身体里，流淌在了生活的角角落落，艺术已是他们生活中不可或缺的元素，街头画师、音乐家、富有个性的小店橱窗，热情似火的西班牙女郎，无不透着这座城市艺术的魅力。

怎样总结一下马德里人呢？西班牙有一项特有的运动：斗牛。斗牛有斗牛士、牛、一块红布。我觉得这三者加起来，就是马德里人：绅士却又好斗，热情而又执着，百折而不挠，乐观而精进，哪怕是背负利刃，为了那一声喝彩，也不惜奋力一冲。这就是马德里人。

你好，马德里。

# 欧洲游记——西班牙塞维利亚

2020年1月27日，从西班牙马德里出发，乘火车前往塞维利亚。初听塞维利亚这个名字，你会以为是一个国家，其实它是西班牙的一个城市。

乘火车在欧洲大地上飞奔是一次美妙的体验。车厢一端是车厢酒吧，乘客可以喝酒聊天。车窗外山丘连绵，绿茵如织，一片一片不知名的树木，或墨绿，或翠绿，配以零零星星的一幢一幢的精致的小别墅，美得让人觉得有种不真实的感觉。

塞维利亚是西班牙安达卢西亚自治区和塞维利亚省的首府，是西班牙第四大城市，全市人口65万。市中心有一条河叫瓜达尔基维尔河穿城而过。因了此河，塞维利亚成为西班牙唯一有内河港口的城市，这有点儿像中国的武汉，区别在于，武汉的河招来了强盗，而塞维利亚的河，则让西班牙人早在十五世纪就开启了他们开疆拓土的帝国梦。1492年8月3日意大利人克里斯多弗·哥伦布奉西班牙国王之命，从塞维利亚巴罗斯港出发，率领探险队西行，横渡大西洋。西班牙的船队从新大陆运来大批黄金、白银，经过塞维利亚转运往欧洲各地。这直接成就了十六、七世纪西班牙帝国的辉煌。今天，站在老牌殖民者的土地上，临河随想，慨然逝者如斯，百味杂陈。

之所以来塞维利亚，主要是为看世界上最宏伟的西班牙广场——塞维利亚西班牙广场。它是西班牙建筑中新文艺复兴建筑风格的典型代表。这是一个巨大的270度圆形广场，由一栋呈半弧形的红砖建筑环绕，位于中央的是主塔，弧形两端则为副塔。造型非常独特美丽，缺口正对玛利亚·路易莎公园，由建筑师阿尼巴尔设计。楼群周围有一条人工小护城河，上面建有数座小桥，广场中心是一个大型的喷泉水池。建筑外部用各种瓷砖镶嵌而成，代表原西班牙的58个省，描述西班牙各城市的万种风情。古罗马式的回廊、拱门、柱头，还有喷泉、河流、小桥、嵌瓷围栏，外加阿拉伯和西班牙浑然一体的建筑风格，使塞维利亚西班牙广场别具一格。

西班牙每一个城市几乎都有西班牙广场，甚至在国外，也有西班牙广场，比如意大利。这足以证明当年西班牙帝国的强大。英、美、德、法、意，这些后来的强者，不过是当年西班牙帝国的攻击对象而已。

来到塞维利亚的游客，一般要看一种叫"弗拉门戈"的舞蹈，这是一种源于吉普赛人、安达卢西亚、阿拉伯还有西班牙犹太人的民间歌舞。十四、十五世纪，吉卜赛流浪者把东方的印度踢踏舞风、阿拉伯的神秘感伤风情融合在自己泼辣奔放的歌舞中，带到了西班牙。从十九世纪起，吉普赛人开始在咖啡馆里跳舞，并以此为业。在弗拉门戈的演出中，歌手紧皱眉头，面部表情忧郁、愤懑，歌声嘶哑，这是其他歌舞演出中很少见到的。15世纪西班牙统一后，君主及天主教会强迫犹太人、阿拉伯人改宗，强迫吉卜赛人改变生活方式，他们为了逃避迫害，被迫离家出走，流离失所，逃往偏僻的山区，是吉卜赛人用他们的歌喉、舞步、乐器诉说了这一切。

我觉得看弗拉门戈有一种人格分裂的感觉。弗拉门戈艺术反映了吉卜赛人贫穷、悲惨的命运和处境，但歌者舞者悲苦的歌声、愤懑的舞步似乎并不能引起观众感情上的共鸣，反而大家在热烈地赞叹琴师的指法和舞者的舞技。至于表达了什么，谁在意呢？

在塞维利亚，有一座独特的教堂，叫塞维利亚大教堂。由于时间关系，并没能进去参观，但瑰丽奇崛的外形还是足以令人震撼。

塞维利亚大教堂所在地原为塞维利亚大清真寺，15世纪清真寺被拆毁，在原址上建造塞维利亚大教堂。它曾是基督教世界里最大的宗教建筑，与梵蒂冈圣彼得大教堂、伦敦圣保罗大教堂并称为世界三大教堂，已经被选为世界文化遗产。教堂边的希拉达塔高98米，原为清真寺的宣礼塔，16世纪改建为教堂的钟楼，所以在高塔的外立面上既能看到阿拉伯风格的网格装饰和马蹄形窗，又能看到文艺复兴风格的钟塔。这种不同宗教、不同建筑风格的叠加交融见证着曾经的掠夺、征服、苦难、荣光，也见证着人类不同文明的冲突、兴衰、交融。值得一提的是，著名航海家哥伦布的灵柩就安放在塞维利亚大教堂里，石棺上有西班牙四古国——卡斯蒂利亚、莱昂、纳瓦拉、阿拉贡的骑士抬起哥伦布灵柩的雕像。

今日的塞维利亚，似乎早已没有了当年帝国的风采，广场上，教堂旁，举目所及，都是些小饭馆小商店，人们大都做着一点微不足道的生意，过着一种微不足道的平凡日子。这与身旁宏大瑰丽的古迹形成了强烈的对比。写到这里，突然想到余秋雨在《愧抱山西》中的几句话："至少我感觉到，乔家大院周围的乔氏后裔，与他们的前辈已经是山高水远……无数称之为'乔家'的小店铺、小摊贩鳞次栉比，在巨商的脚下做着最小的买卖。"

这似乎是一种宿命，没有永远的强者，也没有注定的弱者，国如是，家如是，人亦如是。

# 欧洲游记——西班牙格拉纳达

在格拉纳达的旅游，其实不能算作旅游，连走马观花也算不上，顶多算擦"街"而过，睡了一夜觉，爬了一个坡，看了一个宫，仅此而已，因此印象寥寥，略作记录。

"格拉纳达位于西班牙南部，是安达卢西亚自治区内格拉纳达省的省会，位于内华达山山麓，市内人口为24万，在西班牙排名第13位。大约3.3%的人口没有西班牙国籍，其中31%来自南美洲。著名的摩尔人皇宫阿尔罕布拉宫就在格拉纳达。这座融汇着穆斯林、犹太教和基督教风格的著名历史古迹，使格拉纳达市成为西班牙一个文化和旅游热点……"

这一段是百度搜索出的，是不是干巴巴的没啥意思？但这段话也确实点出了格拉纳达的特点。其中提到了阿尔罕布拉宫，提到了摩尔人，提到了穆斯林等等，我们这次就是冲着阿尔罕布拉宫而来的。

如果大概浏览一下西方的中世纪史，你会发现其基本上就是一部宗教战争史。所谓摩尔人，是指在中世纪时期居住在伊比利亚半岛（今西班牙和葡萄牙）、西西里岛、马耳他、马格里布和西非的穆斯林。711年，摩尔人入侵基督教的伊比利亚半岛（今天的西班牙和葡萄牙）。1212年，基督教各王国联盟在卡斯蒂利亚国王阿方索八世的带领下将穆斯林赶出西班牙中部。1492年，最后一个穆斯林堡垒格拉纳达臣服于新近统一的基督教西班牙王国。因此今天的格拉纳达从建筑装饰、市民生活、人文古迹等等方面看，仍是一个伊斯兰文化非常浓厚的地区。这在欧洲国家中是非常独特的。

阿尔罕布拉宫坐落在格拉纳达城东的山丘上，地势险要，四周环以高厚的城垣和数十座城楼，为中世纪摩尔人在西班牙建立的格拉纳达王国的王宫，也是摩尔人留存在西班牙所有古迹中的精华，有"宫殿之城"和"世界奇迹"之称。宫中主要建筑由两处宽敞的长方形宫院与相邻的厅室所组成。最著名的是桃金娘宫院，中央有大理石铺砌的大水池，四周植以桃金娘花，南北两厢，由无数圆柱构成走廊，柱子上全是精美无比的图案，手工极为精细。圆柱的建筑材料据说是把珍珠、大理石等磨成粉末，再混入泥土，然后用人工慢慢堆砌雕琢而成。四面墙壁，全是金银丝镶嵌而成的几何图案，构图繁复奇妙，色彩高贵华丽。

游走在这样一方空间，除了惊叹，感觉是非常疲乏的，那种墙壁上、顶棚上、门楣上、柱子上无处不在的稠密细致的花纹、雕饰，撑得人喘不过气来。这一切的设置似乎早已超出了美学意义上铺张奢华的范畴，走着走着，你突然就会觉得整个人让这些图案绑架了，每一个符号都在不停地向你发出一种威严不可抗拒的信息。常人是难以承受如此强大的气场的，物大欺人呀，转了一会儿我就赶紧逃之夭夭了。

说到宗教，最近几年常听到这样一种说法：绝大部分外国人都有宗教信仰，而大部分中国人没有宗教信仰。于是有人借此说中国是一个没有信仰的国家，言下之意说中国人是愚昧的，落后的。这实在是一种糊涂的说法，外国人大部分有宗教信仰，这一点不假，但这是由它历史上政教合一的制度决定的，每个人出生在什么样的一个家庭，自然就有了一个什么样的宗教信仰，像他的身份证一样，大多数时候这并不是其个人的选择。从历史上看，政教合一的制度，给他们带来的是各种教派连年不断的征伐杀戮，非常残酷。这无论如何和文明都扯不上半毛钱的关系。

中国是一个多民族的国家，儒、释、道是中国人共同的文化之根，中国政府奉行宗教信仰自由，政教分离的政策，五十六个民族亲如一家，和睦相处，这才是我泱泱大国的文明担当。

题外话，韩国有一部电视剧非常有名，叫《阿尔罕布拉宫的回忆》，剧情讲的是一个现代悬疑爱情故事，故事本身其实和阿尔罕布拉宫没有多大关系，只是把阿尔罕布拉宫作为了外景拍摄基地。因了此剧，每年到格拉纳达旅游的韩国人特别多。

# 欧洲游记 ——西班牙巴塞罗那

2020年1月29日，乘意大利航班从格拉纳达到西班牙第二大城市巴塞罗那，行程约一个半小时。

在巴塞罗那住的是一家临街酒店，客房在三层，要坐一个破电梯上去。说这个电梯破，是因为这个电梯是一个欧式的老旧电梯，电梯轿厢像个铁笼子，还经常坏。

在巴塞罗那参观的第一个景点是圣家族大教堂，又叫神圣家族大教堂，简称圣家堂，由西班牙建筑师安东尼奥·高迪（1852－1926）设计。这是一座哥特式和新艺术运动风格的罗马天主教大型教堂，从1882年开工，至今已有138年，预计2026年才能竣工。尽管教堂还未竣工，但已被联合国教科文组织选为世界文化遗产。

这是一座设计非常独特的教堂。这种独特想用文字表述清楚，几乎是一件不可能的事情。因此还要麻烦网络帮忙，略述一二。

独特之一：

圣家族大教堂有三个奇特的立面：面向东方的"诞生立面"，面向西方的"受难立面"和面向南方还未完工的"荣耀立面"。

"诞生立面"着重展现耶稣降生的内容，该立面朝向东北太阳升起的方向，象征着耶稣的诞生。立面的三个门代表基督教神学"三德"（有信、有望、有爱）。门廊被两根立柱分开，立柱下分别有一只海龟、一只陆龟，各自象征海洋和陆地，位于立面两侧的变色龙，象征着变化。该立面上的四座高塔分别对应一个门徒（马提亚、巴拿巴、犹达和西门），整个立面门楣上、墙上布满了一组一组的雕塑群，每一组雕塑群都描述了一个圣经故事。整个立面还装饰有许多鹰鸽鸟兽、牛驴马羊、瓜果蔬菜等等，据说象征着生命。瞧瞧，仅仅是一个立面，不仅包含了神界万象，也包含了人间万象，说老实话，光这一个立面就把我搞晕了。

与"诞生立面"相比，"受难立面"稍微简单些，朝向日落的方向，暗示耶稣的死亡。"受难立面"由六根倾斜的巨大立柱支撑，上端是由八根骨头形支柱组成的金字塔状的三角楣饰，最顶端是十字架和荆棘编成的冠冕。四座高塔分别代表一个门徒（雅各、多马、腓力和巴多罗买）。与"诞生立面"相仿，"受难立面"也有三个门廊，各自代表"三德"中的一个。立面上雕刻的场景分为三个阶段，呈"S"形排列，展现的是耶稣的"苦路"。最低的一层来自于耶稣受难前夜，中间层描述的是耶稣受难当天，第三层描述的则是耶稣的埋葬和复活。连接代表多马和巴多罗买的两座高塔的，是象征耶稣升天的铜像。

"受难立面"上的雕像很有意思，一改西方人物雕像写实风格的传统，脑袋、身体都抽象成有棱有角的几何图形，却又栩栩如生，尤其那愁眉苦脸的神情，令人心怀感念却又忍俊不禁。

这样说是不是有点大不敬？上帝呀，宽恕我这浅薄的感知吧。

独特之二：

高塔也是圣家大教堂一个非常奇特的存在。据说设计师高迪最初计划建造18座高塔，按照高度上升的顺序依次是十二门徒、玛利亚、圣经四福音书的作者和最高的耶稣基督。由于高迪认为自己的作品不能超越神明的创造，塔总高170米，比巴塞罗那的蒙特惠奇山低一米。高塔的完工将会使神圣家族大教堂成为世界上最高的教堂。170米是个什么概念？将近60层楼高，是不是有一种高耸入云的感觉？

独特之三：

圣家堂的平面设计为拉丁十字架式，中殿的拱顶高达45米，侧殿拱顶高30米。教堂内部各种构造的面都不是平面，无数曲线折线交错组合，形成了千变万化的内部构造。殿内的分叉立柱更是引人注目，分叉除了更好地支撑重量外，多种断面的组合，使得每根柱子看起来像一棵棵参天大树。设计者还巧妙地利用了日光照射效果，彩色玻璃、石材等各种建筑材料交相辉映，增强了神圣家族大教堂的感染力与庄严感，表现出了圣家堂独有的气质。

目前可以参观的只有中殿、地下圣坛、博物馆、商店和受难、诞生立面上的高塔。游客需要通过搭乘电梯登上塔顶，受难立面的高塔下行使用电梯，而诞生立面的高塔下行需要借助螺旋楼梯。我们上的是诞生立面的高塔，塔的内径目测也就1.5米左右，螺旋楼梯的踏步宽不足70公分，建议体量大的胖子千万不要上去，上去卡住就真下不来了，估计上帝也救不了你。

神圣家族大教堂从其整体设计和装饰手法而言，已经突破了传统的宗教建筑设计理念。强烈的艺术欲望，通过宗教建筑表现出来，创造出了一个怪异独特的艺术形象，令人不可思议。

高迪是一个建筑师，在西班牙却是一个神一样的存在。在巴塞罗那，现存高迪的作品很多，比如古埃尔公园、米拉公寓、巴特罗公寓、高迪路灯、座椅等等。其中有17项被西班牙政府列为国家级文物，7项被联合国教科文组织列为世界文化遗产。这个成就是无人可以比肩的。遗憾的是，高迪把一生的心血倾注在神圣家族大教堂上，但上帝并没有保佑他，1926年因车祸死在了从工地回家的路上。

不知是高迪的作品深深影响了这座城市，还是这座城市孕育了高迪这样的奇才，巴塞罗那人的性格也像高迪的作品一样活泼随意，天马行空。我也是一个靠建筑设计吃饭的人，可惜我才疏学浅，思想僵化，没设计过一个有趣像样的作品。但我也想，如果我把房子、教堂设计成高迪那样，会不会被人唾死？谁会为这种"不着调"的创意买单呢？

从圣家堂下来，已近下午两点。找了一家中餐馆吃饭，开店的是广东一家人，女老板甚是热情好客，饭菜味美量足。一问来西班牙开店已有七年，老板大厨服务员全是一家人，老板抱怨说雇用本地人懒得要死，挣几个钱就不干了，整天要去度假。我心想也是，人家已经是富N代了嘛。

在巴塞罗那还有一位著名的绝世高人，叫毕加索。毕加索博物馆离我们吃饭的中餐馆并不远，走着就可以过去。来到巴塞罗那，自然是要到毕加索博物馆去艺术熏陶一番的。

毕加索博物馆位于老城区，这里曾经是毕加索的寓所。博物馆前是一条窄窄的旧巷，道路窄小，外观也不起眼，据说馆中藏有毕加索的3500多幅作品，还有毕加索的亲笔原稿，其中很多是画家本人于1970年捐献的早期作品。由于时间考虑不周，我们并没能进博物馆展室内好好看看，只能在一层的大厅和毕加索艺术品商店里转了一转，但我感觉这也足够了。毕加索的那些画作复制品，无所不及的工艺品、日用品、衣服、文具等等，已经足使人眼花缭乱了。

毕加索一生两次婚姻，六次出轨，无数情人，他的作品和他的婚姻一样变化无常，令人匪夷所思，或激昂或狂躁，或可亲或可憎，或诚挚或装假，但他永远忠于的是自由。在他的艺术历程中，从具象到抽象，从平面到立体，从自然主义到表现主义，从古典主义到浪漫主义，来来去去……用语言表达神圣家族大教堂的独特性是非常困难的；用语言表达毕加索艺术的独特性，那更是一件不可能的事。毕加索在各种主义各种女人之间来来去去，我在毕加索的作品前来来去去。看懂了吗？没有。再看下去，渐渐的我感觉也有点混沌狂躁了。

从毕加索博物馆出来，顺着巷子走，就进入了一片艺术的海洋。这一片街区全是大大小小的艺术品工艺品商店，五颜六色，琳琅满目，我从一家小工艺品店买了一个好看的盘子。店旁有一个抱着小狗在椅子上休憩的老妇人，妇人气质优雅，艺术范儿十足。我心想，她会不会曾是毕加索的情人呢？

中国有句老话，叫一方水土养一方人，我想这个"养"字并不单纯是对肉体的供养，也是对这一方人精神性格的培育。黄土地是不会养出毕加索、高迪来的，他们大概只能属于地中海浪漫的沙滩，明媚的阳光，多情的海风……

巴塞罗那是一个滨海城市，它滨的那片海就是地中海。巴塞罗那有一条著名的旅游街叫兰布拉大街，从市中心加泰罗尼亚广场出发，沿着兰布拉大街一路向南，便直抵美丽的地中海沙滩。

兰布拉大街与其说是一条街，倒不如说是一个露天大市场。我们来到兰布拉大街的时候已近中午，虽是旅游淡季，但人还是特别多，许多街头大排档已经一字排开，印着各种菜肴的大牌子立在路边儿，花花绿绿的分外扎眼。路上还有许多摆摊儿的小商小贩，各种工艺礼品、书报杂志、鲜花小吃，应有尽有。也有不少所谓的流浪艺术家在这儿凑热闹，有的拉琴，有的画画，有的干脆把自己涂抹一番，搞行为艺术。说老实话，对这样的一个场景，我并不是十分喜欢，烟火气太重了，商业气太重了，在这样一个氛围下，感觉那些流浪艺术家们的艺术行为，格调无论如何都高雅不起来，看起来卑微得像乞丐。

在兰布拉大道上，有一个巴塞罗那最古老的市场波盖利亚市场，是一栋一层的钢结构建筑，据说已经有300多年的历史了，是最受巴塞罗那市民欢迎的食材采购地。一栋房子几百年里做着同样的一件事情，这在世界上也确实少有。进了波盖利亚市场，确实非常热闹，一位市场管理人员提醒我要把背包挎在前边儿，"有小偷"，这个念头滑过脑际，眼前的一切似乎顿时蒙了一层灰，所有的亮丽都失色了。本地的、外地的游客、食客们摩肩接踵，挤来挤去。摊位上新鲜的水果、蔬菜、火腿、海鲜、糖果等一排一排地摆放着，各种色彩穿插错落，像毕加索的画儿。在这样一个封闭嘈杂气味儿混浊的空间里，竟有许多人买着各种食物边走边吃，还有很多人干脆围坐在吧台前的海鲜烧烤摊位，大吃二喝，不亦乐乎。说老实话，如此不讲究的吃相，在国内也是很少见的，这真是个吃货的世界，吃大概是全世界人类唯一共同的爱好吧。

大约两个半小时，终于走到了兰布拉大街的头儿——巴塞罗那港口区。港口区有一座高耸的纪念碑，据说高达60多米，碑顶站着一个人，凝神远望，右臂指向前方海洋，这就是著名的哥伦布纪念碑。纪念1492年哥伦布第一次从美洲探险凯旋归来。巴塞罗那是第一个听到哥伦布正式宣布发现新大陆和描绘奇异新世界的地方。

绕过哥伦布纪念碑，就是漂亮的巴塞罗那港口了。此时正值日略西斜，蓝天碧水，清风和畅，地中海午后的阳光像金子一样在海面上闪烁，停靠在码头的私家游轮帆船，像慵懒的贵妇人一样挤在一起，轻轻地晃来晃去，一副非常有钱的样子。一群一群白色的海鸥，忽而临空展翅，忽而落岸觅食，对人爱理不理，毫无惧意，那架势倒像它们是主人似的，我们几个赶忙掏出面包伺候。哗啦一大片飞了过来，天上飞的，水里游的，上窜下跳，上下翻飞，十八般武艺各显神通。正所谓"鹰击长空，鱼翔浅底，万类霜天竞自由。怅寥廓，问苍茫大地，谁主沉浮"呀。

绕过港口，转一个大弯，穿过一条小巷，眼前顿时一片开阔，地中海，我来了。

# 欧洲游记——意大利罗马

从小就知道有这样一句话：条条大路通罗马。2020年2月1日，我真的到罗马了。这座具有三千多年建城史，几乎承载着西方所有文明历程的泱泱古城，会给人一次怎样的际遇惊喜呢？

走出机场，天阴着，旅客也不是太多。正准备找一辆出租车，突然一个中年男子上来问要不要车，谈好价钱也没想太多，就跟着这个男人走了，上了车才感觉到这是一辆黑出租，他还要拼客。这真是意外，发达的欧洲国家竟然有这种事儿，好在我们人多也不太担心，黑就黑吧，送到目的地就行。

在罗马住的是一套老旧的民宿，位置离罗马斗兽场不远，是上下两层的复式楼中楼，面积不小，但硬件设施太旧了，电梯也不能用，上上下下很不方便。当然，这并不算是问题。

第二天起了个大早出门儿，因为与导游约好要参观罗马斗兽场。导游是事先约好的，周先生，兰州人，曾在兰州大学任教，20世纪80年代移民意大利。来到斗兽场景区，游客已经排了很长的队，周先生说由于中意断航，这几天游客已经很少了，顶多是平时的五分之一。进斗兽场要进行严格的安检，像乘飞机一样。

罗马斗兽场，又称罗马角斗场，是古罗马帝国专供奴隶主、贵族和自由民众观看斗兽或奴隶角斗的地方。建造于公元72-80年，占地面积约2万平方米，高五十七米，是罗马帝国境内规模最大的一个椭圆形角斗场。周先生一年不知要来多少次，但他似乎还是很兴奋，滔滔不绝地讲述着每一根柱子，每一个门洞，每一层看台的神奇壮观，尤其绘声绘色地描述表演区当年血腥的人兽大战、角斗决胜场面，令人不寒而栗。这实在不是一个令人轻松愉快的旅游地。我的兴趣还是在它的建筑结构上，从建筑结构上讲，我认为罗马斗兽场并无新奇。体量虽大，但结构简单，无非是欧式建筑常用的拱券结构的排列叠加。真正令人称奇的是它精湛的施工工艺和建筑材料，各种形状体量巨大的石材，如何精确放样？如何精密对接？即使在今天也是一个难题。那高达十几米的拱腿是用石材砌起来的吗？似乎不可能。据说是用火山灰和沙子浇筑的，里边还埋有固定石材的铁件，这不就是钢筋混凝土吗？而教科书上说，钢筋混凝土1849年才由法国人发明，差了1700多年，这真是笑话。

长期以来人们对罗马斗兽场不吝溢美之词，什么建筑典范、世界奇迹，什么雄伟壮观、气势磅礴等等。甚至有人还说这是罗马文明的象征。这真是可笑，一个杀人取乐的地方，竟然说是文明的象征。事实上从它诞生的那一天起，这里就充满了奴役，充满了血腥，充满了罪恶，这是人类耻辱的见证。

在罗马斗兽场的一侧，有一片罗马古城废墟，即巴拉丁山罗马皇宫建筑群。进入这一片废墟也要经过严格的安检。巴拉丁山从公元前1世纪起就是历代皇帝居住的地方，经过多次大规模营建，建有宏伟的宫殿建筑群。它的北部有提比略皇宫和卡里古拉皇宫，中央是杜米善皇宫，南端是赛维鲁斯宫殿。尼禄的皇宫从巴拉丁山一直向东绵延到埃斯基里纳山……那些宫殿的名字实在是拗口，所讲的故事也无非是老子威武，打下了江山，娶了若干个老婆，后来又传给了儿子或干儿子，结果儿子孬种，把老子的锅砸了，诸如此类。我对此也无甚兴趣，可身旁的导游周先生面对着这些废墟，不时地发出阵阵赞叹。这就是曾经不可一世的罗马帝国，他们的皇帝曾经在此纵情享乐睥睨天下。可那又怎么样呢？走在这样一片废墟上，我的内心是空虚慌张的，这种空虚慌张是来自于历史烟尘的浩淼跌宕，也是来自于这些残垣断壁所见证的人类曾经的暴戾残虐。千年古城，凝聚了千年前劳动者的智慧和汗水，也沉郁着统治者残暴无度的千年不散的杀气。此地阴气太重，令人窒息。

从巴拉丁山出来，已是中午1点多，邀导游周先生一块吃饭，周先生说前几天有一家中餐馆发现疫情，这几天最好不要到华人多的中餐馆就餐。我们请他帮忙选一个地方，中西餐都可，他领着我们走，沿着一条路走了好远，爬了一个坡，又穿过罗马火车站，过了一条马路，进了一条巷子，来到了一家叫老成都的中餐馆。这是我们吃过的性价比最差的一顿饭，简单几个菜，两碗米两碗面，90多欧，还超难吃。哎，刚说完不要到华人多的中餐馆去吃，走了半天还是领到了一家华人多的中餐馆，令人无语。

令人无语的还有罗马人的城市管理。罗马的垃圾桶是我见过的最丑陋的垃圾桶，一个铁架子挂了一个大塑料袋，脏不拉叽，看起来实在有碍观瞻。我们来时意大利和中国已经断航，并且宣布全国进入紧急状态，但实际上意大利国内一切如常。火车站地铁站人流非常密集，但没有任何安检措施，反倒在斗兽场、巴拉丁山这些古迹入口进行非常严格的安检，那些残墙断壁破砖碎瓦会遭遇什么安全隐患呢？真是莫名其妙。

罗马城其实是一座山城，位于意大利半岛中西部，台伯河下游平原地的七座小山丘上，因此罗马城的路也并不横平竖直，铺路的材料很特别，是那种大概10厘米见方的块石铺成，像马赛克一样，很有质感，罗马的房子，除去一些大型公建、古迹，几乎是青一色的土黄，并不奢华，但内部装饰陈设都很讲究，确实有一点老牌帝国的风范。罗马城的树很特别，像放大的盆景，据说是人工修剪的。值得一提的是罗马人的长相，经常在街上看到长得非常好看的男孩女孩，像是那些精美的古罗马人物雕塑复活了，惊为天人。

下午，要到超市采购一些第二天早餐的食材。超市规模不算大，但货品还算丰富，买什么吃什么决定权在女士，我也就跟在后边随便看看。突然，前边一位正在弯腰选货的女子猛一回头，向她身旁的一位男子狠狠瞪了一眼，同时把斜挎的包拉到了胸前，那名男子神色慌张，匆匆离去。小偷！我差一点脱口而出。天啊，我在罗马看见了久违的小偷。

罗马城是历史文化名城保护的典范，其厚重的历史，无所不在的文化古迹，都是这个城市靓丽的名片，政府每年都要花大量的人力物力修复维护。这虽然给罗马城带来了不菲的旅游收入，但就其整体经济而言，似乎因缺少了创新的新鲜血液而每况愈下。这就像一个破落户的儿子，不思进取，整天靠贩卖祖上的遗产度日，终非长久之计。所谓的历史古迹，是文化，但有时更是包袱。如果一座城市打上了靠旅游吃饭的主意，那或许也正是它没落的开始。

# 欧洲游记——梵蒂冈

意人利有 个国中国，叫梵蒂冈。这在世界上是独一无二的。梵蒂冈有一个展示空间最长的博物馆，叫梵蒂冈博物馆，这在世界上也是独·无二的。梵蒂冈有一个世界最大的教堂，叫圣彼得大教堂，这在世界上还是独一无二的。

梵蒂冈，位于意大利首都罗马市西北角，是全球领土面积最小、人口最少的国家。人口有多少？800人，还不如一个像样的公司人多；面积有多小？0.44平方千米。还不如美国一个有钱人的院子大。但如果因为小你就小瞧它，那你就犯了天大的错误。首先告诉你它多有权：梵蒂冈是全世界天主教的中心，是以教皇为首的教廷所在地，在全世界设有60余所大学，对全世界天主教会2000多个高级宗教职位有确认任命权，下辖天主教信徒8亿多人，也是世界六分之一人口的信仰中心。再告诉你它多有钱：梵蒂冈在北美、欧洲许多国家有数百亿美元的投资，其资本渗透到意大利众多的经济部门，特别是银行信贷和不动产系统，仅地产一项就达46万余公顷。黄金、外汇储备达100多亿美元。这是不是很令人惊叹？

这个城中之国是怎样形成的呢？小孩没娘，说来话长。简而言之，这是神权与皇权斗争的结果。中世纪以后，议会共和制逐渐成为西方国家政体主流，但由于天主教信徒甚多，影响甚广，以罗马为首都的政教合一的"教皇国"虽日渐式微，但也不能完全消灭。1929年2月11日，意大利墨索里尼政府同教宗庇护十一世签订了《拉特朗条约》，意大利承认梵蒂冈为主权国家，其主权属教皇。规定从同年7月起成为独立的城市国家，国名全称就叫梵蒂冈城国。

不得不说天主教直到今天在西方国家的影响还是很大的，仅在罗马，天主教堂就有900多座。

梵蒂冈博物馆是世界上展示空间最长的博物馆。展示空间有多长？六千米。梵蒂冈博物馆原是教皇宫廷，馆内现拥有12个陈列馆和五条艺术长廊，汇集了古希腊、古罗马的遗物以及文艺复兴时期的艺术精华，米开朗基罗创作的《创世纪》和《最后的审判》都藏于此。其所收集的稀世文物和艺术珍品，随便一件，放在别的博物馆可能都会是镇馆之宝。可在这里，却稀松平常随意地陈列在博物馆的各个角落。可以说，梵蒂冈博物馆，是西方文明的灵魂所在。

在梵蒂冈博物馆内有非常特殊的一处，叫西斯廷礼拜堂，这里是举行选举教皇仪式的地方。进入西斯廷礼拜堂不能带刀具和水，不能拍照，会有类似机场安检的一道检查。这里着装要求比较严格，穿短裤和无袖的上衣是不能进去参观的。米开朗基罗创作的《创世纪》就在这里的顶棚上，据说米开朗基罗画这个顶棚历时五年，由于长时间仰头创作，最后落下了后遗症，看什么都得仰着头才能看得见。

真要仔细地参观一下梵蒂冈博物馆，估计三天都不一定够。徜徉在这六千米长的艺术空间里，步移景异，美轮美奂，目之所及，皆是珍品，走到最后，真的是把人惊倒了、累瘫了。

在14世纪到16世纪，从意大利发端，在欧洲发起了一场持续二百年的文化运动，后人称之为"文艺复兴"运动。这场运动不仅在欧洲资本主义国家产生了巨大的影响，也直接推动了整个人类的文明进程。圣彼得大教堂就是这个伟大时期产生的伟大作品，它集中体现了16世纪欧洲建筑、结构设计施工的最高成就，同时也是意大利文艺复兴运动最伟大的"纪念碑"。

圣彼得大教堂1506年动工，1626年11月18日宣告落成，在长达120年的建造过程中，伯拉孟特、米开朗基罗、达·芬奇、拉斐尔、德拉·波尔特、卡洛·马泰尔等当时意大利最优秀的艺术大师、建筑大师先后主持参与了设计与施工。设计打破了许多以往宗教建筑的教条，融合了对称美学、透视美学、比例学等原理，具有高度的科学性。米开朗基罗设计的圆形穹顶，是整个教堂的点睛之笔，不论在艺术成就上，还是建筑技术上，都是划时代之作。穹顶造型打破了以往教堂穹顶的形体制式，圆润通透，闪耀着文艺复兴所倡导的人文主义的光芒。穹顶距地面137.8米，直径42米，这样的高度，这样的跨度，这样的造型，即使用今天的工程技术衡量，也是极具挑战性的。而它的建筑材料竟只是石材和砖，令人不可想象。最神奇的是游客还可登到穹顶顶端。乘坐电梯到达主体平屋面，然后开始爬楼梯，爬着爬着楼梯板变得越来越倾斜窄小，穹顶是双层壳体结构，楼梯就藏在双层壳体中间，楼梯板既是壳体间的连接支撑，又是登顶通道，设计非常巧妙。九曲盘旋，登临穹顶，放眼眺望，罗马风光尽收眼底。

从穹顶下来进入教堂大厅，教堂内部的华丽，足以令人惶恐窒息。巨大的浮雕雕像，宏大的顶棚壁画，两侧一个接一个的小殿堂，每个殿堂内又都装饰着精美的壁画、浮雕和雕像，令人眼花缭乱。整个殿堂的内部呈十字架的形状，在十字架交叉点处是教堂的中心，中心点的地下是圣彼得的陵墓，地上是教皇的祭坛，祭坛上方是金碧辉煌的华盖，华盖的上方就是米开朗基罗设计的大圆穹顶，穹顶的装饰更是金壁辉煌，无以复加。

进出圣彼得大教堂都要经过圣彼得广场，广场被两条半圆形的长廊环绕，据说能容纳三万人。每条长廊由284根高大的圆石柱支撑着长廊的顶，顶上有142个教会史上有名的圣男圣女的雕像，雕像人物神采各异、栩栩如生。广场中间耸立着一座41米高的埃及方尖碑，是1856年竖起的，由一整块石头雕刻而成的。方尖碑两旁各有一座美丽的喷泉，象征着上帝赋予教徒的生命之水。夕阳下的圣彼得广场，恢宏而宁静，庄严而温暖，令人不禁浮想感慨。

第二天，又参观了一家叫伯格塞的美术馆，这都是事先购票定好的。雕塑、油画，看得人两眼发晕，但不论从藏品品质上还是规模上，和梵蒂冈博物馆都不可同日而语。

这几天的文化大餐真是把眼撑着了，但把肚子饿着了，来意大利似乎就没吃一顿像样的饭。航班取消了，也不知能不能按时回国，消费自然也有点心里没底。但既然来了，总是要像样地吃一顿饭的，从柏格塞美术馆

出来，穿过一个大公园，找到一家不错的意大利餐馆，环境优雅，服务周

到，饭菜也相当美味可口，一顿饭下来，二百多欧，是普通餐馆的三倍，

不由地感叹一声，还是有钱好呀。

# 欧洲游记——结语

　　欧州行结束了，历时十五天，走了三个国家，六个城市，吃了许多西方的饭，也看了许多西方的景，城市建设，百姓生活，人文历史，凡此种种，或赞之，或叹之，目之所及，新奇扑面。

　　天地之大，包罗万象。西方世界千姿百态，五光十色，点点滴滴都与东方世界有着迥然不同的差异。这种差异表面看似乎是物质上的，但细究之，所有的差异其实都来自于文化。西方的城市大都有一个或多个凯旋门，城市雕塑星罗棋布，而雕塑的题材也多是不同历史时期横枪跨马的国王将军，这是一个崇尚武力的世界，今天走在西方城市的街头，你仍能够隐隐感觉到当年列强的杀气。扩张、掠夺、征服，这并不是基于是非道德的判断，而是来自文化的驱使。

　　西方国家一般都很小，大一点儿的国家也都是联邦制。我们在巴塞罗那的时候，巴塞罗那所在的加泰罗尼亚自治区正在闹独立，那么小的国家还在闹分裂，为什么？文化差异使也，希腊文化，古罗马文化，日耳曼文化，多种文化的冲突碰撞，导致了西方文化的多元，也导致了西方国家地域管辖的碎片化。西方人崇尚自由、独立、冒险。人与人之间具有平等的法律契约精神，人与自然之间具有理性的科学求真态度。这种文化的驱使，推动了西方资本主义国家科技文化数百年的飞速发展，但也导致了西方世界的自私冷酷和血腥。前几天中国有个女孩儿叫张伟丽，在拉斯维加斯的ＵＦＣ格斗战中打满五个回合，战胜波兰选手乔安娜成功卫冕。看着电视上女孩鼻青脸肿的画面，让我想起了罗马斗兽场里的角斗士。血腥暴力，令人不寒而栗的杀人游戏，直到今天仍在西方世界上演，为什么？文化使也。

好多人对西方国家国民的收入、物价很好奇。在走过的这几个国家，基本的生活用品一般都很便宜，比如衣服，米面、蔬菜、肉类等，甚至比国内还要便宜一些，但涉及到人工的就很贵，比如自己在家做饭就便宜，在饭店吃就很贵，问题是城市生活你是不可能顿顿在家吃饭的，除非你是一个退休的老人。因此，在西方城市生活，成本其实蛮高的。西方工薪族月薪大约3000美元左右，这样一个收入，养家糊口大概也只能月月净光勉强度日。有人说西方人不爱存钱爱花钱，我觉得这个话说对了一半儿，爱花钱是真的，不爱存钱是假的，因为他们确实也存不下钱。不仅存不下钱，而且年轻人往往还要欠一些钱。房贷车贷这贷那贷，压力山大，这些东西其实中国都是和西方学的。

西方国家那么发达，物质那么丰富，为什么工薪族就存不下钱呢？这其实不难理解，这是由资本主义制度的本质决定的。对于工薪族而言，如果你有了多余的钱，你就可能会去投资，这样你就成了资本家，人人都去当资本家，资本家去赚谁的钱呢？所以让工薪族有余钱，这是万万不可能的。在资本主义的生产体系里，劳动力是生产要素之一，资本家付给劳动者报酬的多少，必然是维持劳动力正常运转所需的最低成本支出，是不会多给你一分钱的，共同富裕，想也别想。所谓经济危机，经济学家们总会给出这样那样冠冕堂皇的解释，其实说白了就是资本家把工人的钱榨干了，市场的游戏玩不下去了。这也算是西方国家文化的一部分吧。

西方国家好不好？套用一句电视剧《北京人在纽约》里的台词："如果你爱一个人，就送他去纽约，因为那里是天堂；如果你恨一个人，也送他去纽约，因为那里是地狱"。西方世界，大抵如此。

近代以来，西学东渐。鸦片战争，马关条约，八国联军……饱受磨难的中华民族近代史，不知不觉给西方文明镀了一层金，在中华文明脸上抹了一层泥。外国的月亮是圆的，外国的空气是甜的，外国人诚信、守约、自由、平等、民主、法制……其实，你只要稍微去看一看就会发现，他们文明的只是规则，野蛮的却是灵魂，弱肉强食，丛林法则才是那个世界亘古不变的生存逻辑。

改革开放以来，打开了国家的门，也开了国人的眼，中西文化碰撞交融，有人守正固本开放包容，也有人崇洋媚外背祖忘根。是也？非也？其实，任何一个国家的文化都不是凭空而来，那是一方山水日月星辰的哺育，是那里千百年来几十代人喜怒哀乐的积淀。想丢的你不一定丢得掉，想学的你也不一定学得成。不必崇洋，更不能忘根，中华民族五千年的文化有它自己的存在逻辑，也有它植根于华夏这一方热土的绵绵不绝的灿烂文明。

听吧，"大道之行也，天下为公。选贤与能，讲信修睦。故人不独亲其亲，不独子其子，使老有所终，壮有所用，幼有所长，矜、寡、孤、独、废疾者皆有所养，男有分，女有归。货恶其弃于地也，不必藏于己；力恶其不出于身也，不必为己。是故谋闭而不兴，盗窃乱贼而不作，故外户而不闭。是谓大同。"

　　这是来自中国的声音，这是我们呼唤了五千年的东方文明。我们有足够的理由文化自信，我们也有足够的理由自豪地说·嗨，我是中国人。

# 游黄山记

上一次爬黄山是三十年前的事情了。印象中的黄山清新奇崛，像是江南的一个大美女，高傲、大气、独特，不落凡尘。

这次爬黄山是心血来潮的事儿，报了一个旅行团，短短六天，还走了江西婺源、景德镇。真正爬黄山的时间只有一天。

对于一个快六十岁的人而言，对所见所闻感到新奇，已是一件难事儿。11月份的黄山并不是旅游的最佳季节，深沟路旁的花花草草，已显出了败象。黄山有五绝：奇松，怪石，云海，温泉，冬雪。这次除松、石之外，其他一奇未见，就连松、石，也似乎有一种"冬来天高寒，石枯松枝瘦"的的萧瑟之意。不过在我看来，这倒是另一种别致，繁花锦簇绿荫被日固然好，但有一点虚，繁华褪去，真容尽显，倒有一种看山还是山的天地相通之气了。

黄山石奇，奇在其地质构造。黄山山体主要由花岗岩构成，岩石晶体粗大，垂直节理发育，风吹日晒，侵蚀切割非常强烈，山貌之奇，可谓鬼斧神工。但这种地理构造水土是极不易保持的，对于动植物而言，黄山并不是理想之所。因此，与南方其他名山相比，黄山的植被并不丰茂，飞禽走兽也寥寥。黄山松长得像盆景，枝干扭扭曲曲地向四周努力伸展，尽可能多地接受阳光雨露的滋润，这其实是长期以来恶劣的生存环境所致。据说黄山石头缝里一棵碗口粗的松树，生长期要上百年，因此黄山上的松树是非常珍贵的，在黄山景区，每一棵像样的景观树，都有专职的看松人。黄山奇石，奇在形状，或飞来石，或海豚石，若卧虎，若爬龟，琳琅满目，姿态万千，但黄山石色泽灰白，质地疏松，在实用方面并无多大价值。在各大名山中，黄山还有一个很难弥补的短处，那就是没有寺庙，这估计和黄山不宜居的生态环境有关，据说以前也有过寺庙，但规模不大，香火寥寥，随着黄山风景区的保护，反而日渐式微了。

过去爬黄山一般至少要2~3天，现在各大名山都有了登山索道，先坐景区的客车到索道旁，再坐索道上到一定高度，下了索道，一步没爬就一览众山小了。这样的游览便捷是便捷了，但是总觉得少了一点儿滋味，就像是整吞了一碗美味。好在从缆车下来到莲花峰还有不短的一段距离，大概要八公里多，这是一段不错的行程，光明顶、飞来石、莲花峰、迎客松等重头景点都在这一段，这一段游客也自然是最集中的。随着客流沿着忽而陡峭忽而平缓的山路走，忽然有一种穿越回三十年前的感觉，山还是那座山，人似乎也没大变，姿势、神情以及脸上的汗水和三十年前一模一样。这实在让人既感到顿挫，又感到渺小，渺小到三十多年似乎什么都没发生，人生似乎按下了暂停键。山河永恒，人如蝼蚁呀。

黄山脚下的城市叫黄山市，黄山市的前身叫徽州。说起徽州可不得了，那是中国三大地域文化之一徽文化的发祥地，安徽省的徽字就是从徽州来的。历史上的徽州有一府六县，歙县、黟县、休宁、祁门、绩溪、婺源，前四个县现属安徽省黄山市，绩溪县今属安徽省宣城市，婺源县今属江西省上饶市。"徽"这个字儿很有趣，如果把徽字拆开来，就变成了四个字：山水人文。徽州也真配得上这四个字，在黄山市辖范围内，光5A级景区就有8个，A级以上景区多达52个。千百年来，这一方美美的山水孕育出了极其丰富博大的徽文化，徽商、徽菜、徽派建筑，天下闻名。在今天的黄山市，仍有许多古宅大院，祠堂牌坊，民俗村落，这些古老的存在像珍珠一样散落于这座城市的街街角角、水岸乡野，像是一种文脉悠悠，千年不绝的诉说，又像是一种秀美山河，人文久远的映照。

徽州，历史厚重，但徽州并非上天厚爱的富庶之地。在徽州有这样一句民谣："前世不修，生在徽州。十三四岁，往外一丢。"徽州的山水可以说是青山秀水，但也可以说是穷山恶水。徽州八山一水半分田，耕地极少，土质又偏酸，并不适合种植，过去的徽州真是很穷很穷的，十三四岁，往外一丢，男子十三四岁，就要被迫离家闯江湖了。这一闯，一代一代，不仅闯出了财富，闯出了一代代的名商大贾，还闯出了一个博大丰富的徽文化。从衣食住行，到家庭伦理，从乡居民俗，到三堂教育，从文艺戏曲，到工贸技艺，徽文化像无处不在的空气一样，滋养呵护着一代代徽州人的生活家园。徽州人"寄命于商"，"贾而好儒"。徽商对儒学的尊崇，是中国商业文化中让人眼前一亮的一道色彩，世人都言"无奸不成商""商人重利轻别离"，但徽商"不取不义之财""达则兼济天下"。衣锦还乡的徽州人，一定会做这几件事：修桥、铺路、立宗祠、兴学堂。凡是利于家族延续、子孙进取的事，徽商们都会毫不吝惜地掏金捐银。于是，有了"十户之村，不废诵读"的社会风气；有了"一村之中不染他姓"的宗族秩序；有了"千年之冢，不动一抔；千丁之族，未尝散处；千载之谱，丝毫不紊"的传家奇观。

这一次黄山之行，实在过于拘谨短促，许多该看看、该走走的地方都没能看到走到，导游的心事大多数时候也并不在导游上，"导游"往往成了"导购"，这些让人哭笑不得，磨破了嘴皮子，动足了歪脑子，就是为要让游客多买一点儿不怎么有用的东西，多挣几个不怎么体面的小钱，和重教重义的前辈相比，实在让人唏嘘感叹。世道人心，耿耿相欺于何哉？

今天的黄山市（过去的徽州），仍不算富裕，据说GDP排名在安徽省倒数，徽州这个古老而饱满的名字，随着黄山市的设立也走入了历史。随着走入历史的，还有渐行渐远的徽文化。西递、宏村，那些名声在外的村子，貌似因旅游而获得了新生。但实际上，游客蜻蜓点水的观览，居民趋利苟苟的经营，更加快速地把这些曾经承载着家国道义的宏篇大作晒干了，掏空了，成了僵死的标本，徒具其表，内核全无。旧的该去的去了，不该去的也去了，新的扰攘斑驳，混沌一片，我们真成了可怜的找不见家的一代人。

利用晚饭后的间隙，我到屯溪老街转一转，吃了一份毛豆腐，买了二两祁门红茶，刻了两枚方印，看了非常精致漂亮的徽雕、歙砚，还和好看的卖茶女子聊了会天儿。这让我心情大好，我还是相信，人民伟大，文化不死。

2020 年 11 月 6 日

# 西安，一个天天过年的城市

去西安旅游的感觉，像是回老家过年。

来到西安，你是无论如何也找不到那种陌生的新鲜感的。兵马俑、大雁塔、羊肉泡馍，听起来一切都是那样的耳熟能详，就连那些地名路名，都似乎打小就很熟悉了。未央区、长安区、太白路、广安路、朱雀街、卧龙巷，这些名称是不是似乎从哪里见过？或是从哪一本书上相识？又熟悉，又古老，又亲切。

西安还有过一个名字叫长安。西汉初年，刘邦定都关中，取当地长安乡之含义，立名"长安"，意即"长治久安"。明洪武二年，明政府改奉元路为西安府，取义"安定西北"。对于许多中国人来说，或许长安这个名字听来更加亲切，"春风得意马蹄疾，一日看尽长安花""长安一片月，万户捣衣声"。因此西安提出来一个旅游口号，叫做"白天是西安，晚上是长安。"

到西安旅游，首先必游的景点当然是兵马俑。在去兵马俑的路上，年轻的导游说，中国人有一个共同的母亲，那就是黄河；中国人还有一个共同的父亲，那就是秦始皇。把黄河和秦始皇并列，虽然牵强，但也理不至亏。秦始皇这个千古帝王，就凭他统一华夏这一项伟业，就注定他在中华大地上是一个永恒的伟大的存在，他的伟业与山河永恒，与日月同辉。秦兵马俑作为国家5A级景区，用游览这个词儿是极为不妥的，感觉更像是上坟，或是过年在祖宗的牌位前祭祖，让人胆怯敬畏，既想避之，又想近之。走进兵马俑一号二号三号展厅，一种庄严肃穆的气氛扑面而来，那些伫立千年的列列将士，披甲执锐，目坚如炬，令人望而生畏。坑内垒垒的残躯断臂，虽是陶器，但那坚毅勇猛抗争的神态，也不由得让人脑海中回望先祖那策马千里，群雄逐鹿的历史画面，令人敬之怅然。

关中自古帝王州。5000年文明，十三朝古都，历经1100多年，前后有89位帝王长眠于三秦大地，可谓中华之冠。1982年，国务院公布了24座历史文化名城，如果给这24座名城排个次序，西安是当之无愧的老大。小导游说，南方的才子北方的将，西安的黄土埋皇上。在西安，地上人不如地下人多，开发商盖房子，挖不出文物都觉得不吉利，这真是有意思。如此厚重的历史文化古迹，赋予了西安乃至整个关中地区发展历史文化旅游得天独厚的条件，在这个地方，似乎随便圈一块儿地，就能有讲不完的秦皇汉武，唐宗宋祖的故事。譬如薛平贵与王宝钏的寒窑，唐玄宗与杨贵妃的华清池，唐三藏的大雁塔，城墙下的碑林，魏征府邸旧址永兴坊，乐游原上的青龙寺等等……

西安虽古迹遍地，但西安人搞旅游也并不满足于这些老祖宗的物件，他们要用大唐盛世的余温让西安这座古老的城市真正活起来，火起来，于是又在市中心投资50亿搞了一个大唐不夜城。大唐不夜城位于雁塔区的大雁塔脚下，南北长2100米，东西宽500米，建有大雁塔北广场、玄奘广场、贞观广场、创领新时代广场四大广场，西安音乐厅、陕西大剧院、西安美术馆、曲江太平洋电影城四大文化场馆，大唐佛文化、大唐群英谱、贞观之治、武后行从、开元盛世五大文化雕塑，据说是展示和体验西安唐文化的首选之地。

来到大唐不夜城，正是余辉落尽的时候，这里早已是人山人海，热闹非凡。最让人惊讶的是这里各式各样无所不在的灯。房檐上，树枝上，目之所及全是灯，这是一片姹紫嫣红的灯的海洋。置身其中不由得让人想到辛弃疾《元夕》中的句子：东风夜放花千树，更吹落，星如雨……对，这个感觉太像过年了。人群中身着古衣的女子，艺人手里的提线木偶，不倒翁小姐姐，热闹的门店酒肆，还有巡演的花车，花车上举杯邀明月的李白，劝君更饮一杯酒的王维……一派浓浓的过年气息。过年自然是少不了吃的，但西安这个地方似乎很奇怪，身为十三朝的古都名城，在吃上并没有宫廷御宴的精细讲究，找来找去无非是油泼面、羊肉泡馍、陕西面皮儿、烤肉串儿、包子之类，全是用来填饱肚子的硬通货。虽然政府打出的旗号是"打造唐文化展示和体验的首选之地"，但望着熙熙攘攘的人流，流连在各色小吃摊前，真是一点儿也找不见"葡萄美酒夜光杯"的雍容大气，更没有"春风得意马蹄疾，一日看尽长安花"的惬意。看来文化这个东西，真不是说有就能有的。

在陕西，还有一个"八大怪"顺口溜：

老婆帕帕头上戴，家家房子半边盖。

板凳不坐蹲起来，面条宽得像裤带。

锅盔大得赛锅盖，油泼辣子一道菜。

秦腔大戏吼起来，姑娘一般不对外。

每一怪看起来似乎都粗枝大叶，充满了黄土高坡的乡野豪气，无论如何与大唐盛世都联系不起来。

近二十多年来，许多城市把旅游当王牌来抓，特别是与一些古字沾边的城市，更是不惜血本，大打复古牌、旅游牌，甚至提出来把旅游产业当作转型升级的支柱产业。可奇怪的是这些以旅游著称的地方，似乎经济都一般般，比如山水甲天下的桂林，四季如春的昆明，人间天堂的西藏，黄山归来不看山的安徽等等。西安作为全国著名的旅游城市，深受旅游之益，也深受旅游之苦，其在二线城市中，早被苏州、杭州、武汉、成都等甩在了后边。2020年西安市人均可支配收入仅35783元，在全国城市中排名60多位。旅游这个东西，说到底也就是一项锦上添花的服务业，实体经济上拿不出像样的东西，光靠这个过日子，难！

上一次去西安大概是十多年前了，这次一去，变化之大，翻天覆地。坐着旅游大巴在市区、郊区环游，目之所及全是一眼望不到头的楼盘，有的正在建设，有的已经完成，一片一片的像雨后的春笋一般拔地而起，真的仿佛走进了一片钢筋混凝土的丛林。路的两旁，全是一眼望不透的数十米宽的的绿化带，层层叠叠，花团锦簇，手笔之大，令人过目难忘。前几年，西安市政府还有过一个大手笔，凡是有本科学历的都可在西安零门槛落户，据小导游说，西安实行本科生零门槛落户政策后，短短几年，西安市常住人口从800万猛增到了1400万，生生增加了两个大同市的人口，这为西安这座古老的城市一下子注入了大量年轻的血液，也为西安的多元化发展储备了充足的人口红利。西安作为古都名城，其区位上、文化上都有不可或缺的发展优势，相信西安的明天也真的会像过年一样红红火火，越来越好。

这次西安旅游，短短六天，买了一口锅，三把刀，两本书及其他一些有用没用的东西，满载而归。小导游说，花了钱的人总是最快乐的。我问花钱能买到快乐吗？小导游说：能。

2021 年 4 月 16 日

# 游太原记

五月一日、五月二日两天，赴省城太原一游。

想写一写太原，但这是一件风险极大的事儿，你懂的。

在太原转了三个地方：柳巷，动物园，山西博物院。2号晚上回程，顺路转了忻州古城。

柳巷我是比较熟悉的，熟悉到提到柳巷这两个字，就有一种亲切感。2009年的时候孩子在太原上学，每个月要往太原跑一次，每次只要有时间就会到柳巷转转，然后在桃园饭店吃个饭。那时的柳巷给我的印象还是不错的，道路、店面、树木，排场不大，但处处有一种雅致舒适的感觉，也不是那么闹腾，感觉和柳、巷这两个字很贴。这次一去，熟悉的那个柳巷怎么也找不见了，像是到了大同的东信，到处新崭崭的，又到处乱哄哄的。卖货的人，买货的人以及卖的那些货，要么很不讲究，要么讲究得过分。我问路旁卖衣服的一个小姑娘，柳巷街怎么走？她告诉我这一片全是柳巷，在高德地图上找了半天也没找见，倒是找到了一个文瀛湖公园，还有一条食品街，这全在柳巷商业区的范围内。太原文瀛湖公园面积不大，顶多是大同文瀛湖的十分之一，但也比较精致，有小湖，有小山，休闲游玩的市民不少。顺着高德地图的指引，七拐八拐来到了食品一条街，正赶上华灯初上，人多得挪不开步。顺着人流一路走，各种小吃琳琅满目，但山西特色的小吃，几乎一家也没找见，只看到了一家临汾牛肉丸子面，好像也不能算是小吃。从南头走到北头，吃了一份臭豆腐，一份小土豆，这都是在长沙食品街吃过的。山西的食品街没有多少山西的食品，这是为什么呢？

回来查了一下网络，太原柳巷，已打造成了一个超大的综合商业区，商圈的基本格局是"一轴、五区"，一轴就是南北贯通商业片区的柳巷商业街，五区就是鼓楼街以北、柳巷以西，以食品街为中心的饮食区；桥头街以北、柳巷以东的铜锣湾大型综合商业体；桥头街以南、柳巷以东的自然休闲游玩区；还有就是鼓楼街和开化寺街中间的小商品区，再就是迎泽大街以北、开化寺以南的酒店商务区。那条梦里寻他千百度的柳巷，暮然回首，已是柳巷商业区红绿灯高悬，车水马龙的"一轴"了。

在食品街的北端正对的是晋商博物院。晋商博物院的前身是山西省人民政府所在地，山西省人民政府所在地的前身是阎锡山都督府。阎锡山都督府原为晋文公重耳庙，北宋初年曾为潘美帅府，元为中书省，明、清为抚院。小小的一处院子，历史的脉络是如此的清晰传奇。士农工商中的商，在21世纪的中国，终于登堂入室，出人头地了。

之所以去太原动物园，是因为前段时间在网上看到说，太原动物园总投资30多个亿，是全国最大的动物园。山西一个GDP全国倒数的省份，投30个亿打造了一个全国最大的动物园，会是个什么样子呢？这很令人好奇，一见之下太原动物园果然大得很，每一类动物展区都相隔得比较远，要想把各个动物展区比较仔细地看一遍，是必须要坐电动车的。展区的动物也确实不少，有老虎、狼、猴、大象、河马，犀牛、鳄鱼，还有各种飞禽、蛇龟之类。尤其是蛇龟类，品种之多，见所未见，令人惊叹。从动物园出来感觉真是累，我想，那些动物展区为啥不离得稍微近一点呢？难道就是为了大吗？

山西博物院位于太原市汾河西畔滨河西路。对我而言，之所以参观山西博物院，是因为我觉得山西博物院是我见过的博物馆中最好的建筑之一。

山西博物院占地面积112000平方米，建筑面积51000平方米，展厅面积10000平方米。总平面采用了中国传统的轴线对称的构图手法，东西轴线为主轴线，南北轴线为次轴线。四层高的主馆位于主次轴线的交会处，形成对称的格局。四座角楼衬托着主馆。主馆四层方正规矩，逐层向外斜挑，体现了古人"如鸟斯革，如翚斯飞"的审美取向。

以上这段是网络上的，我倒没想那么多。山西博物院的建筑，看起来就很浑厚大气，有一种中华民族的精神魂魄在里边的气象，建筑细节也很精彩，不繁琐，不奢华，但处处又与中华五千年的文明符号相映照，典雅、高贵、气质卓然。

山西博物院的基本陈列以"晋魂"为主题，由《文明摇篮》《夏商踪迹》《晋国霸业》《民族熔炉》《佛风遗韵》《戏曲故乡》《明清晋商》等七个历史专题和《土木华章》《山川精英》《翰墨丹青》《方圆世界》《瓷苑艺范》等五个艺术专题构成。一路看下来，青铜、钱币、瓷器、木构、石雕，林林种种，深感三晋大地历史之浑厚，文明之久远。突然，我竟在一个展厅看到了"二十四孝"的雕塑，"郭巨埋儿孝母"的字样赫然在目，这令人顿时大倒胃口，甚至愤怒。这种为老不尊，为小不善，丧尽天良灭绝人性的故事竟堂而皇之地登上大雅之堂，不知意欲何为，更不知外国友人看了会作何感想，三晋文明从何谈起？文化自信从何而来？今日世道，假文化之名，复古之风日盛，数千年腐朽的文化垃圾也大有沉渣泛起之势，复一个什么样的古？传承一个什么样的文明？真的要好好想一想了。

山西博物院，让我看来其实应该叫山西历史博物院，因为所有展品，除去晋商部分外，大概都来自数千年之前，即使晋商票号大院，也是百年之前的事情了，今日的山西人，会给后人留下些什么值得展示的呢？这是一个问题。

这次去太原之前，就听说太原近几年的变化非常大。有多大？很好奇。一见之下，变化大得有点吓人。说翻天覆地也毫不夸张，天先瞥开不说，地是真的给翻了，转了两天，竟没看到一点熟悉的影子，到处是高架路，到处是立交桥。车在路上跑，有时是主路，有时又是辅路，还时不时要穿过隧道，像坐过山车一样；路旁以前熟悉的浓荫夹道的大槐树也不见了，全是新栽的树，栽得还特密集，像拢葱一样；路两旁的房子也是陌生异常，一个曾经熟悉的城市，没有导航竟已是寸步难行，太原真是越来越像一个大城市了。

如何让一个城市一年一个样，三年大变样？答曰：拆其房，挖其树，扩其路。但这种大变样真的好吗？近二十多年来，中国城市的发展如同魔幻的电影，楼房越来越高，马路越来越宽，商场公园越来越大，工厂园区越来越远，城市的大饼摊了一圈又一圈，高架的车道摞了一层又一层，霓虹烁烁，人潮汹汹，身陷其中，为了生计奔命的打工人们，怎一个累字了得？

什么样的城市发展才是好的发展，城市怎样发展才能宜居宜业？习主席说，房子是用来住的，不是用来炒的。那城市又是用来干什么的呢？是用来看的吗？

前几天从网上看到一则消息：4月27日上午，广州市政府举行新闻发布会，通报了广州新一轮城市更新中产城融合职住平衡的情况。广州将以城市更新为契机，全面提升轨道交通覆盖率，加大低成本住房供应量，构建"5040"职住平衡新生活，即50%以上适龄就业人口30分钟通勤，40%以上居民享受低成本住房。这是一则难得的让人眼前一亮的消息，不再是一味地国际化，一味地园区化，也不再是一味地求新求大求快。产城融合，职住平衡，这些直接影响市民生活的基本要素终于进入了官方视野，甚幸！甚幸！

2021 年 5 月 10 日

# 游天津记

　　但凡在一个城市待上半年以上的时间，你就会对这个城市有一种类似家乡的感觉，亲切、踏实。于我而言，天津就是这样一个城市，1984年到1988年，我曾在这个城市生活、求学，天津是我除大同以外待的时间最长的一个城市了。

　　汪小胖（汪泳）是我大学的同学，他是天津人，多年以前已在美国定居，近几年在中国国内跑得多了一点，我俩也好久没见，这次天津之行能约上汪小胖一同前往，真是再好不过了。从北京动身之前，已和天津的另一个同学邢晖联系过，邢晖也是天津人，我和汪小胖走出天津火车站验票口的时候，他已抱着一瓶酒在那儿候着了。

　　到天津玩儿，和同学吃饭喝酒是最重要的事情之一。到天津那天是5月20号，这个日期我要隆重地记一下。当天晚上，邢晖同学就召集了毛毳、李林安、张洪奇几位同学吃饭。毛毳同学说她已经退休了，这让我非常惊讶，那个上学时爱笑的勤奋可爱的小姑娘，竟然已经退休了，谁信呢？洪奇同学来的时候就喝多了，一见面就把我骂了一顿，原因竟是因为13年前我说过的一句话。你瞧瞧，同学间的关系就是这么穿越且不可思议。

晚上住的地方是一个叫××的假日酒店。就在天津的网红打卡地天津之眼旁边儿，这是邢晖同学与他老婆通了十多次电话才确定的，就是为了让我们睡觉的时候能看看美丽的海河夜景，睡觉还要看夜景，真是人老心不老呀。

第二天早上，邢晖同学已早早地在酒店大堂等候，他要带着我们去吃天津最有特色的早点锅巴菜、面茶和煎饼果子。骑着小蓝车在天津的大街小巷走，真是一件很惬意的事。天津市的路不像一般城市那样横平竖直，而是像河流那样自然地横七竖八地任意交汇，所以天津的路是斜的，路网也很密，这一特点给天津的城市街景带来了极其丰富的变化。天津的建筑也很难分出正立面背立面，因为每一个面都是街景，这在中国的城市中，实在是一个令人赏心悦目的难得例外。20多年来，中国的城市变化都很大，每一个城市都在更新换代，但天津人在城市更新的过程中，没有粗暴地大拆大建，也没有搞那些奇奇怪怪的建筑，路宽了，但以前斜斜的路网还在，路名也没变。楼高了，但与旧的楼房相伴而生，相辅相成，没有那种新旧对立的撕裂感，这在中国的城市建设中实在是非常难得。在中国的建筑界，有一个大名鼎鼎的人物叫梁思成，他在20世纪50年代北京的城市建设中提出来一个新旧分开的"梁陈方案"，这个方案虽然并未被采纳实施，但对中国的城市建设仍产生了不可估量的长远影响。许多城市假梁思成之名，大搞新旧分开建设，旧的撇开，另起炉灶，其结果，新的出奇，旧的腐朽，不仅造成了巨大的城市浪费，而且原有的城市地域文化特征也荡然无存了。

天津是港口城市。在旧中国，但凡港口城市，就难逃被殖民的命运。1860年，英、法联军占领天津，天津被迫开放，列强先后在天津设立租界。直到今天，天津这座城市仍打着深深的西方烙印。在天津，殖民时期留下的西式建筑很多，比如五大道建筑群，后来新的建筑似乎也以新欧式（简约欧式）居多，因此天津这座城市看起来总是要洋气一些。一段屈辱的历史，意外地赋予了一座城市开放、包容、大气的气质，有道是，塞翁失马，焉知非福？

天津的桥也是很值得记上一笔的。人类择水而居，但凡大一点的城市都会有一条像样的江或者河，有河就会有桥，近二十年各大城市建的桥很多，虽然形状各异，但无外乎桥墩式、悬索、斜拉之类，感觉很雷同，但天津的桥不是。天津之眼是一处游乐设施，同时还是一座供车辆行人通行的桥，一个大大的"人"字撑起了摩天轮和桥面，结构非常巧妙。离摩天轮不远处，还有一座白颜色的桥（我叫它白桥），白桥的结构也很独特，它的桥面是从桥架上悬挑的，像飞机的翅膀，动感十足。早期的解放桥更是百年经典，桥面竟是可以开合的。这些桥不仅连起了海河两岸，同时也像一个个大发簪一样扮靓了天津这座美丽的城市，体现着天津独特、时尚的城市个性。

在中国的许多城市，都会有一条文化街，天津也有，古风格的建筑，古风格的货品，手串念珠，纸扇烟壶，把件古玩之类，甚至有些店家还长袍马褂，把自己也打扮成古人。我一直不明白，从何时起，一说文化就成了这些古玩艺儿了呢？甚至有越腐朽越文化之势，这些古玩艺儿能代表中国文化吗？现代人的文化在哪里呢？即使在古代，这些东西又能代表多少文化？今天的人们，追求现代物质享受，却又要跑到古人那里寻找精神的安慰，去其里，取其表，去其繁，就其简，粗暴拆解，生生地把文化当猴儿耍了。

到了卖锅巴菜早点的那家老字号，已经快上午9点了。但外边还排着长长的队伍，看得出排队的都是天津本地人。都说城市生活节奏快，但在这里就突然慢下来了，男男女女，扶老携幼，边排队边聊大儿，买到的慢慢地吃，没买到的不急不躁地等，他们似乎并不在意时间的流逝，而只在乎眼前那口吃的对不对味儿，这老天津的市井生活真是哏儿。

天津人爱吃是天下闻名的，天津的小吃也很多。汪小胖吃完锅巴菜，又在附近买了许多小吃，甜的、咸的、冷的、热的，我和邢晖还得帮他提溜着，他说要给他多年没回天津的老父老母，以及不老的老婆尝一尝老天津的味儿。三个老男人提着天津的小吃，在天津的大街小巷乱转，东瞅瞅，西瞧瞧，想想都好笑，真是太有意思了。汪小胖算是个富二代了，他似乎也不太讲究，把那些吃的塞在一个破包里背着，在火车站和我们匆匆告别。小胖再见，希望下次见你仍淳朴如少年。

在天津的路上走，常常会从后边传来让路的吆喝声，回头一看，是骑电动三轮的大哥，那派头像开了辆大奔。天津是我见过的最具有文化自信的城市，天津人往往不屈就，不敷衍，我行我素。京津两地也就半个多小时的车程，但天津人竟是丝毫不受北京的影响，直到今天，天津的男女老少，日常生活中说的仍是一口地道的天津话，这在中国的城市中极其少见。他们吃自己喜欢的饭，说自己喜欢的话，表面有时嘻哈松懈，没个正形，实则中规中矩，坚定耿直。前几年电视剧中常有说天津话的角儿，不是汉奸，就是混混，这实在是对天津人的误解。典型的天津人就是郭德纲，郭德纲舞台上毒舌翻滚，怼天怼地怼空气，插科打诨毁三观，但他把儿子教育得很好，德云社这块招牌也是打理得锃亮扎眼，名闻天下，这可不是靠"没个正形儿"能做到的。

天津以港口贸易起家，祖上有钱的人不少，在街上常常会看到XXX故居之类，全是当年有钱的主。近几年地方政府拿这些作为文化招牌，令人感叹唏嘘，世道扰攘多意外，风水轮转各东西呀。

到天津游玩，自然是要回母校看看的，能在天津大学这所老牌学府求学，是我一生的幸运。已是天津大学力学系博士生导师的李林安同学，把我请到他家里，弟妹小董还专门为我的到来包了饺子，正在天大读研的清瑞也从学校赶了回来，这一家三口的热情虽然让我不知所措，但我也并未感到意外，他们一家子的热情、淳朴、真诚，我已多次感受。吃饺子时，清瑞对她妈妈说：妈，你别捡破的吃了，破的我吃。唉，这孩子，你咋那么懂事呢？妻贤子孝，夫复何求呀。吃完午饭，林安带我到天大新校区参观，他先带我到他的办公室休息，我虽然也上过大学，但教授的办公室还真是第一次近距离接触，和我想象的不一样，普通的桌椅板凳，几台普通的电脑，桌子上的东西像偏微分方程式似的乱七八糟地堆着，看着让人眼晕。教授的午休也只能在地上搭个折叠床临时凑合一下，寒酸得不可想象。

天津大学新校区，位于天津市津南区，又称天津大学北洋园校区，占地3750亩，规划总建筑面积155万平方米，现一期83万平方米已建设完成。整个校区建筑以褐色为主色调，沉稳大气，有一种历史的沉淀感。那天天气特别热，林安不辞辛苦地领着我一个学院一个学院地转，一处一处地给我讲。取形于罗马角斗场的理学院；借鉴四合院布局，面积达五万平方米的图书馆；大门、碑亭、廊桥、水系、喷泉，每一处都寓意满满。百年，北洋，这些沉甸甸的标签随处可见。林安同学还给我讲，东大门口的水系设计成外高里低的波浪形，寓意为肥水不流外人田；与理学楼毗邻的求是会堂座椅有1895个，与天大的建校史对应。整个校区的布局践行以学生为本的理念，学生的宿舍、食堂、教室，不仅设计规格高档，而且都在学校最好的位置。五万平方米的图书馆是一个叫郑东的校友捐款两个多亿建的，一看介绍，郑东同学入学的年份比我们晚很多，是搞基金投资的。校园路边的灯柱上挂着往届优秀毕业生的照片。看到这些，一方面为母校的发展变化感到高兴，另一方面又觉得这不是我心目中天大应有的样子。百年的天大似乎也不沉稳了，不端庄了，不大气了，处处张扬，涂脂抹粉，功利的气息渗透到了校园的角角落落。可静下心来想一想，这又有什么办法？产业化大潮下的教育，谁还能师道尊严地端得住呢？

21号晚上，同学们又热情地组织了酒局，这一次见到了马驰同学、赵振山同学、万晶同学。振山是我大学时的舍友，特别爱玩，篮球足球乒乓球都是校队水平，这次一见如故，还是那个爱逗爱乐爱玩的大男孩。令人难堪的是，这一次我在天津的同学们面前现了眼，喝高了，高到不知此地何处，今夕何年的地步，第二天醒来，他们说是邢晖和林安两个人把我架回酒店的，回到酒店已凌晨3点多了，邢晖同学整整陪了我一晚。喝成这个样子，以前从未有过 ，实在不该，下不为例。

　　一次难得的天津之行，记录下来，待老无牙时慢慢咀嚼回味。


2021 年 5 月 27 日

# 北京印象

2021年5月，我在北京游玩了五天，真累。想写写北京，真难。

小时候会唱一首歌，叫《我爱北京天安门》，那个时候到北京去看天安门就成了我心中的一个梦。真的到了北京是1984年，那一年我考上了大学，路过天安门广场，第一次真切地看到了天安门，心里大失所望。我以为天安门即使不光芒万丈，至少也是锃光瓦亮，熠熠生辉的。可是没有，天安门看起来普普通通，也并不高大。后来又多次去过北京，匆匆地来，匆匆地去。天热，人多，拥挤，嘈杂，真没觉得这个城市有什么特别。

北京是中国的首都，也是中国的政治文化中心，自然有其特别之处，那它的特别之处在哪里呢？我很好奇，几天转下来，对北京还真有一些特别的感受。

第一个强烈的感受是北京的"大"。

阴差阳错，这次去北京五天竟然转了三个公园：北京植物园、奥林匹克森林公园、北京八大处公园。三个公园转下来，彻底把我走瘫了，转晕了。进入北京植物园，月季正红，柳荫正浓，一片片不知名的高大乔木，一簇簇不知名的灌木，吐绿叠翠，姿态万千，步随景移，目不暇接。可转着转着就转晕了，不觉日落西山，想出出不去，通过导航才找见了出口。

走进奥林匹克森林公园，浓荫蔽日，一片绿色的海洋。可走着走着又走晕了，快到吃饭的点儿了，坐着电瓶车才找到出口。八大处公园大得更是不知边际。所谓八大处，是八处古刹，每一处转上半天也不一定能转完。粗粗地转了两处就体力不支了。

回来查了一下网络，北京植物园规划面积400公顷，奥林匹克森林公园占地680公顷，其中南园占地380公顷，北园占地300公顷。680公顷是一个什么概念？如果它的宽度是1千米，那它的长度就是6.8千米，6.8平方千米，相当于两个大同古城那么大还多。

北京大的地方还有很多，比如世界最大的广场天安门广场；世界最大的博物院故宫博物院；世界最大的会堂人民大会堂；世界最大的飞机场大兴机场。即使进一个商场也是大得望不到边，像进了一座城。

有一句老话叫房大欺主。物大了，人就小了，大到力所不及，望而生畏。心力不够，于是就处处感到了自己的渺小，像匍匐在了皇权的脚下。

第二个强烈的感受是北京的"严"。

北京作为中国政治文化中心，其管理之严，是超乎我想象的。这种严并不是说不让你干这干那，而是你不论干什么都可能有一双眼睛盯着你，许多地方也是不敢越雷池一步的。每辆公交车上都会有一个交通安全管理员，每一节地铁车厢里也都会有一个交通安全管理员。每一处公共场所、政府机关，都会有戒备森严的安保人员。至于天安门广场、东单、西单这样人流聚集的敏感场所，虽不敢说是森严壁垒，但绝对给人满满的安全感。毫无疑问，北京是从事安保工作人员最多的一个城市。不仅如此，北京的市民也有着极高的政治觉悟，朝阳区的老太太就是他们中的典型代表。北京作为首都，中国的政治文化中心，严是必然的要求，走进北京，你就像走进了一座超大的会堂，有一个声音在你耳畔回响：讲规矩，讲政治，守纪律。

第三个强烈的感受是北京的"先"。

所谓的先，就是时代风气之先。明清及近现代以来，北京作为都城，在每一个历史节点上都会留下浓墨重彩的一笔，今天也不例外。时代的方向在哪？在北京。举一个小例子，现在郭德纲的相声火得一塌糊涂，但郭德纲是天津人，天津是相声的故乡，他为什么没在天津火了呢？因为天津不具备领时代风气之先的能力。赵本山的二人转，之前仅限于在东北小有名气，一到北京，火遍了全国。再举一个大一点的例子，20世纪50年代北京搞城市建设，梁思成、陈占祥提了一个新旧分开的"梁陈方案"，这个方案虽然并未被采纳，但也并未被全部否定。比如许多城门楼保留下来了，部分城墙保留下来了，二环以内的建筑也做到了新旧分开，完整地保留下来了。北京这一折中的做法，直接辐射到了各大地方城市。比如大同，城墙砖扒了，但土城墙还在；钟楼拆了，但鼓楼还在。北京搞十大建筑，大同就搞了一个缩小版的人民大会堂——红旗商场。近几年梁陈方案应复古的需要又占了上风，北京大量进行了所谓古迹的修复保护，比如大栅栏儿的修复，南锣鼓巷的整治，八大处寺庙群的修建等等，结果大同古城的修复就应运而生了。北京搞了奥林匹克体育中心（鸟巢），国家大剧院（水上的蛋），中央电视台新大楼（大裤衩）这些看起来奇奇怪怪的建筑，大同也搞了五大场馆，标新立异，花样百出。中国的城市，其城市形态的发展其实是跟着北京走的，这就是北京领时代风气之先的作用。

在游玩"鸟巢"和"水立方"的时候，春杨指着与"鸟巢"一路之隔名曰盘古的七星级酒店，与我讲它前世今生的故事。一座楼几乎撼动了一座城，围绕它发生的故事神秘莫测。经春杨提醒，我才注意到这座传奇的盘古大酒店楼顶还立着一座塔吊，春杨说正在拆除房顶上的一个装置，好像是关于风水的。风水，这一中国最神秘最古老的学问，它存在吗？我认为是存在的。小的物件儿不一定有，大的物件儿肯定是有的。

在京期间，除了游玩了一些公园，我还专门骑着单车在北京的大街小巷转了转。车多，饭店多，快递外卖小哥多，熙熙攘攘，看似热闹，其实乏味无聊，每个人急匆匆地来急匆匆地去，似乎都只是在为那一口饭奔忙，看着令人疲惫。我还到东单的新华书店转了转，顾客廖廖，倒是卖教辅书处有一些领着孩子的女人在挑挑拣拣。我还到最代表北京文化的大栅栏处转了转，真真假假的老字号，大红灯笼高高挂，长袍马褂的店小二，那饭菜真叫一个贵且难吃。我还到琉璃厂义化街转了转，撇街的纸笔墨砚，撇街的三流书法绘画。我还在大栅栏口的老舍茶馆听了一场相声，120块钱的门票，140块钱的茶水，五六个段子，大概有四个给对方当爸爸，一个恶搞名著，还有一个咒长者死的，可下边的观众照样哈哈大笑。我还到二环里边的老旧胡同转了一转，虽已整治，但破相难掩，身处其中，逼仄压抑，臭气扑鼻，如果梁思成先生地下有知，我真想问问他，这到底该怎么办呀？

在当今，不管你喜欢不喜欢，这些都正在以文化的名义，以北京为中心，向全国各地快速蔓延。

行文至此，我又一次感到了身心俱疲，政治和文化这两个词儿颠来倒去，像两块夹板，夹得我脑仁疼。什么是政治？什么是文化？政治与文化有什么关系呢？什么样的政治是好的政治？什么样的文化是好的文化？政治与文化对我们的生活有什么影响呢？这些问题像千年之问一样困扰着我无法自拔。

网络上说，政治（Politics）是指政府、政党等治理国家的行为。文化（culture），是人类社会相对于经济、政治而言的精神活动及其产物。

百度的回答你懂了吗？

题外话：这次北京之行，看望了在北京的姐姐，见到了在北京生活工作的高中同学好友，实在是一次难得的团聚。满富、温成热情张罗，康春杨、白震、郑尚元、武文俊、刘炳清、刘丽湘、李宗健、程效悉数到场，他们有的人为赴这场饭局要赶两个多小时的车程，郑尚元教授还提了两瓶酒过来。满富说，在北京能组这么全的一个饭局，真是太不容易了。谢谢同学们，这是一次美好的北京之行，也必将留下美好的回忆。

正所谓：

时势奇幻身外事，同窗念旧举酒杯。

把酒相惜不言老，放眼一桌鬓皆白。

大快朵颐胃先饱，热话下酒人自醉。

踉跄一晃奔花甲，对坐把盏能几回？


北京，你好。同学，再见。


2021 年 6 月 1 日

# 游泰山记

东岳泰山，西岳华山，南岳衡山，北岳恒山，中岳嵩山并称五岳。而其中东岳泰山又被奉为五岳之尊，号称天下第一山。有言道，五岳归来不看山。天下名山多矣，为何独尊东岳？2021年9月10日，随旅游团，赴泰山一游。

这次旅游只有三天的行程，切头去尾，登泰山其实只有一天，我们选择的是天外村——中天门——南天门——玉皇顶这样一条登山路线。说来惭愧，说是登山，其实偷了懒，从天外村到中天门坐的是景区大巴，从中天门到南天门坐的是索道，只有从南天门到玉皇顶，才算迈开双腿走了一段儿，但这段儿已近极顶，风舒坡缓，山气朗朗，胜似闲庭信步了。

从南天门到玉皇顶，景点甚多，财神庙、送子庙、孔子庙、碧霞祠、玉皇庙，这些寺庙规模并不大，也不集中，星罗棋布于各个山头之间，红墙灰瓦，绿树危崖，别有一种天下太平岁月静好的气氛。最高处的庙自然是玉皇大帝庙，庙里供着玉皇大帝。供玉皇大帝的庙，我还是第一次见，玉皇大帝是天上的皇帝，风雨日月，生死祸福全是由他说了算，想到这些，竟生出些许莫名的亲切感。在这些寺庙烧香磕头的人很多，令人惊讶的是，烧香叩拜的人大多都是年轻人，看着一张张年轻稚嫩单纯的脸虔诚地跪着，双手合十，念念有词，令人哑然。生命如此年轻，缘何了无自信地戚戚祷告呢？

泰山石刻是值得书写的一笔。在泰山，不论溪畔孤石，还是千仞峭壁，摩崖碑碣随处可见。历代帝王到泰山祭天告地，儒释道传教授经，文化名士登攀览胜，留下了琳琅满目的碑碣、摩崖、楹联石刻，其中在岱顶大观峰崖壁上由唐玄宗御制御书的《纪泰山铭》摩崖石刻最为经典。泰山石刻不仅是中国书法艺术品的一座宝库，而且是中华民族的文化珍品。"五岳独尊""稳如泰山""重于泰山""登峰造极""渐入佳境""拔地通天""天地同攸"，这些耳熟能详的词句，不仅延续了中华五千年的历史文脉，而且也深深地融入了每一个中国人的血液，形成了独特伟大的中华民族气质。

在南天门和玉皇顶之间，有一段相对平缓的地势，名曰"天街"，宾馆酒店、超市小吃分布期间，置身其中，远眺层峦叠嶂、云海万里，近观沟壑纵横、云蒸霞蔚。山风徐徐，佛乐阵阵，坐下来捶一捶酸痛的老腿，吃一块儿山东的大葱煎饼，那感觉真是拔地通天天人合一了。

云海日出是泰山极为壮丽的一景。由于旅行社贪财算计，在山上并没有给我们留下多少时间，泰山观日是不可能了，这天气也正好是日照朗朗，雾薄云稀，云海也只能是一个想象。但立极而望，还是有几片云朵飘浮在脚下的沟壑间，宛若天境，这不由得让人心生好奇，泰山海拔并不算高，区区1532.7米，缘何有此白云飞渡，拔天逐日之气象？原来这全是泰山独特气候的佳作。泰山山上山下的气候温差十分巨大，甚至有三季如春之说，山下酷热挥汗，山上却凉爽清风。据气象资料记录，山下7月均温26摄氏度，山顶仅为18摄氏度；年降水量也随高度而增加，山顶年降水量1132毫米，山下只有722.6毫米。气温低而雨水足，自然是林茂泉飞，云山雾罩了。

泰山被古人视为"直通帝座"的天堂，成为百姓崇拜、帝王告祭的神山，有"泰山安，四海皆安"的说法。相传远古时期，黄帝曾登封泰山，舜帝曾巡狩泰山。商周时期，商王相士在泰山脚下建东都，周天子以泰山为界建齐鲁；秦汉以前，就有72代君王到泰山封神，此后秦始皇、秦二世、汉武帝、汉光武帝、汉章帝、汉安帝、隋文帝、唐高宗、武则天、唐玄宗、宋真宗、清帝康熙、乾隆等帝王接踵到泰山封禅致祭。封禅是古代帝王祭天地的大典。在泰山上筑土为坛，报天之功，称封；在泰山下的梁父山上辟场祭地，报地之德，称禅。历代帝王借助泰山的神威巩固自己的统治，使泰山的神圣地位被抬到了无以复加的程度，也使泰山成为了世界少有的历史文化与自然相结合的游览胜地。历代文化名人纷至泰山进行诗文著述，留下了无数的诗文名篇，孔子的《丘陵歌》、司马迁的《封禅书》、李白的《泰山吟》、杜甫的《望岳》等，灿若星辰，光耀至今。

很快到了和导游约定的下山时间，虽然时间有点紧，上来时坐缆车偷了懒儿，下山说什么也再不能偷懒了，整理好行囊，穿过南天门，拾阶而下，十八盘、对松亭、龙门、升仙坊……台阶，台阶，台阶，前视深不见底，回望如登天梯，下山的台阶路是如此的漫长恐怖，到中天门足足走了两个多小时，双腿哆嗦，几不能立，酸疼交加，如受笞刑，如是，对岱宗更是生出十二分的敬畏心了。

"岱宗夫如何？齐鲁青未了"。天下名山多矣，泰山高、险、秀、奇，皆非拔萃，独受尊崇何故？时也，势也，高险秀奇皆为虚像，披天盖地之浩然文气无山可及。徐霞客云：五岳归来不看山，黄山归来不看岳。此言差矣！

前几年在中国有一个很著名的组织，叫"泰山会"，其组成人员皆商界大佬，柳传志、马云、郭广昌……个个大名鼎鼎。但我一直不明白，他们和泰山没有半毛钱的关系，为什么叫一个这样的名字。泰山一游，此疑豁然，野心勃勃呀。

到了一个地方，总要把这个地方的人写一下。 泰山位于山东，山东是孔子孟子的故乡，自汉武帝"罢黜百家，独尊儒术"后，在中国政治文化中，绵延不绝2000多年，孔孟之道就像泰山一样备受统治者推崇，成为中国思想意识形态的一极，说山东是中国儒家文化思想的摇篮毫不为过。但在这个摇篮里长大的山东人，不论外形上还是性格上，离" 儒"字都好像远了 点。如果把孔老二和梁山好汉比起来，大概梁山好汉更能代表山东人。有一次吃饭，旁边一桌是清一色的山东小伙，他们喝啤酒，竟有几位齐刷刷地把上衣脱了个精光，这般景象在其他地方实在难得一见。山东人，够豪爽，够洒脱。

说到孔孟之道，忍不住要多说几句，当然这是题外话。我理解的孔孟之道就十个字：天地君亲师，仁义礼智信。前五个字说的是人类社会的一个结构秩序，后五个字说的是社会生活中人与人之间的行为规范。我想，按照孔子的本意，这种行为规范应该是双向的，儿子要做到仁义礼智信，老子也要做到仁义礼智信，当然，老子的仁义礼智信与儿子的仁义礼智信内涵和表现方式会有所不同，但在道德层面的要求是一致的。比如尊老爱幼，幼要尊老，老也要爱幼。尊和爱都是仁义礼的要义所在。遗憾的是，在两千多年的封建社会实践中，这种道德要求逐渐变成单向的了，只许州官放火，不许百姓点灯。这也注定了孔孟之道的脆弱性和虚伪性。因此山东小伙光膀子喝大酒我毫不奇怪，铸就一个地方一个时代义化灵魂的，永远是那一方山水的星辰日月、山川河流，以及生于斯长于斯的生生不息的劳动人民的奉献和创造。

2021 年 9 月 20 日

# 魔都上海

无意间和上海竟有了很深的缘分。

小孩子念了个书，就跑到上海去了。找工作、找房子、找对象，一顿操作，眼巴巴地成了一个新上海人。

2022年的大年是在上海过的，从腊月二十六到正月十七，在上海住了二十多天，真切地感受了上海的年味。想写写大城市的年味挺难，因为大城市的年根本就没味。过年了，城里的人却少了，路宽人稀，店肆紧闭，一到晚上，就连小区楼房的灯也黑了一小半儿，沪漂们都回老家过年去了。小时过年有四大样，穿新衣，贴对联，垒旺火，响大炮，有了这四样，年味就有了，大城市里这四样几乎一样都没有，贴个对联也全是印刷品，马马虎虎应应付付。好在大城市毕竟是大城市，吃吃喝喝还是足够丰富方便，很难得地和孩子们聚在一起，包包饺子，看看春晚，转转商场，睡个懒觉，聊聊家常，这个年过得倒也自在舒服。

在中国的城市中，上海算是去得较多的一个。记得刚参加工作那年，单位组织旅游，其中就去了上海。第一次去上海，留下的印象并不深刻，南京路的霓虹，外滩的浪漫，都印象寥寥，给我留下为深刻印象的是一个留着烫发头的女售货员，边卖货边扭屁股，还边涂口红，这一幕真是印象深刻，十里洋场的奢靡之气扑面而来。还有一点印象的是外滩沿着黄浦江边上的那一排洋楼，个个高大精致神秘，不知道里边住着什么人？干着什么事？这点依稀神秘好奇的印象，终归仅仅是好奇，和自己扯不上半点纠葛，这种感觉就好像是到了国外，好归好，都是人家的，不流连，不羡慕，甚至连喜欢都谈不上，走一走看一看就完了。

转过许多国内的大城市，有这种强烈的隔膜生疏的印象，上海是独一无二的。这是为什么呢？细细想来，这倒是一个有趣的话题。

比如你到了北京、西安，或者武汉、成都、重庆等等，生疏归生疏，但也总有一种莫名的亲切感，像是走亲戚。西安的羊肉泡馍，四川和重庆火锅，吃法虽然也别样新鲜，但细品还是中国菜那个熟悉的味道，而上海菜就不一样，是一种莫名其妙的甜，让人一时很难接受。上海人把上海本地风味的菜称为本帮菜，炒菜不叫炒菜，叫烧菜，浓油赤酱，油多味浓，糖重色艳，那味道实在是奇绝迥异。

上海的人在中国也是一个奇异的存在。地道的上海人是特爱打扮的，就像那个说清口的周立波一样，头发总是梳得光光的，皮鞋总是擦得亮亮的，格子的西服爱搭一条围巾，再加上上海人细皮嫩肉的白净，那海派范儿真是玉树临风，独树一帜。上海人讲话，不论是男的还是女的，也不论讲什么，都像是一个大龄女青年在与你讲什么道理，时而肯定时而疑问的语气，尖尖的，柔柔的，彬彬有礼却又似乎总带着几份不耐烦，让人喜怒莫名，无从应对。上海男人在内地人的口里，有一个听起来不太舒服的称谓，叫上海小男人，哪怕你是七尺大汉，也还是小男人。据说上海的男人是全世界最顾家的男人，上班勤勤恳恳任劳任怨，下班买菜烧饭相"妇"教子。上海的男人大概是舍不得把自己的老婆像保姆似的用的，上海的男人把自己的老婆不叫老婆，称作太太。太太这两个字听起来就自带着十二分的贵气，不精致不富态不悠闲咋能称为太太呢？所以，"你负责貌美如花，我负责赚钱养家"是上海男人的信条。

都是中华人民共和国的一方水土，与其他城市相比，上海为什么就这么的骨骼清奇呢？这自然要从它的历史文化、地理位置寻找答案。

上海简称沪，是长江三角洲冲积平原的一部分，万里长江的入海口就在上海。上海倒过来念就是海上，可想而知，这是一个水上的城市。上海的地名大多与水有关，浦、泾、滨、汇是上海地名中最常见的字眼儿，比如杨浦、青浦、漕河泾、徐家汇、肇家滨等等。中国5000多年历史，从来都是一个农耕社会，但到了上海就几乎耕无可耕了。直到今天还有这样一个说法，说上海人看不起外地的，把外地人都看作是乡下人。其实这也并不一定是看不起，只是表明了上海人生活环境的特殊性，因为乡下人总是要和土地打交道的，而上海人没有土地，天生靠水吃饭，靠生意吃饭，这正是上海在中国这个农耕社会中的独特之处。上海作为城市的历史也并不长，最早只是一个小渔村，在清代也就是一个县的格局。上海真正的发展是在近现代，道光二十三年（1843年）上海开埠，道光二十五年（1845年）上海县洋泾浜以北一带划为洋人居留地，后形成上海英租界。自此一发不可收拾，之后，美国在上海设立租界，法国也在上海设立租界。自1843年以后的100多年里，上海成了外国殖民主义者在中国倾销商品，搜刮钱财的主要口岸，上海真正"洋"起来了。

行笔至此，就似乎对上海的那种隔膜生疏的感觉找到了一些依据。中国是一个具有5000多年历史的农耕文明国家，天地君亲师，孔孟儒释道，我们所接受的所有文化的熏陶，都离不开土地，而上海天生就是一个水上的世界，没有一点儿农耕文明的基因，来到此地自然水土不服了。

改革开放后，上海又一次得到了巨大的发展，不仅外商外资蜂涌而至，内地人也纷纷踏入十里洋场去寻找他们的淘金梦了。近几十年来，上海的发展是巨大的，但同时对上海本地人、上海文化的冲击也是巨大的，上海的房价从几千涨到了几万甚至十几万，全国各地的人跑到上海去和上海本地人抢饭吃，外资企业、合资企业、私营企业如雨后春笋般冒出来，而伴随的是国企的纷纷倒闭破产，上海本地人尤其是工薪阶层以前的那种优越感荡然无存，生活日渐窘迫，倍感压力。大概是两年前，我还在上海的一个设计院工作了一个半月的时间，后来因为执业注册的问题半途而废了。那正是9月份最热的季节，每天早上起来，边走边吃一点早点，从家走到地铁口就已经是汗流浃背了，地铁上的人像一捆一捆的干草一样垛在一起，近在咫尺却彼此面无表情，令人尴尬窒息。路上通勤时间来回要三个小时，中午不能回家，每天像老鼠一样地上地下钻出钻进地忙活，还要加班，其中的辛苦真是无人能言。其实这也就是大部分上海打工人的生活日常。后来有了"躺平"这个词儿，我是深表理解的。

不知从什么时候起，人们给上海送了一个外号，叫魔都，不知这是个褒义词还是贬义词。魔幻，妖魔，魔力，总之，上海是一个魔性十足的城市。自道光二十三年（1843年）开埠以来，这里成了中国最早对外开放的窗口，中西方文明在这里交汇、碰撞、融合了上百年，产生了独特的上海文化。十里洋场，冒险家的乐园，都是上海曾经有过的名片儿，最神奇的是，上海还是中国共产党的诞生地。先进的，文明的，腐朽的，堕落的人间大戏，每天都在这个神奇的城市上演。改革开放以来，特别是邓小平1992南巡讲话以后，上海发展的速度更是魔幻般提速，东方明珠、上海环球金融中心、上海金茂大厦、上海中心大厦……一批批世界级的摩天大楼在旧时的沼泽地拔地而起，世界500强企业云集于此，世界各地精英云集于此，世界大牌产品云集于此，上海已经成为了一座名副其实的国际经济金融中心了。

各种神奇的故事在上海这个魔幻的城市上演了百余年，当然肯定还会一直演下去，因为上海是中国对外的窗口，也是世界的舞台。

2022 年 3 月 26 日

# 杂 谈

## 温暖如昨

2009年6月27日，应邢辉之约，赴津与同学小聚。这次聚会范围不大，外地的只有我、权勇民和郑峪嘉夫妇。

与去年的毕业20周年聚会相比，这次少了些程序性的内容，多了些"回家"的感觉。聊天、吃饭、唱歌、玩牌，一切都很自然随意。同学真是一种很奇妙的关系，几十年未见，竟还能一见如故，生活的风在同学间似乎失去了它雕琢万物的力量。三句话过后，才发现你还是原来的你，我也还是原来的我。这种感觉很奇妙，也很温暖。

让人非常高兴的是，这次聚会见到了上次未曾谋面的汪泳同学、赵振山同学、马驰同学。汪泳同学上学时白白胖胖，现在竟有点瘦；当年生龙活虎、特爱玩的振山竟肥得像一只熊。马驰在2006年时我曾见过一面，与那时相比，没有太大变化，只是头发少了些，看起来更像一个教授了。很不幸，从去年聚会以后，我的体重又增加了5公斤，单位同事说我像一个身怀六甲的孕妇，可振山对我说，你一点没变，还是原来那样。瞧瞧，这就是同学。

这次又见到权勇民同学，也是让我开心的一件事。有权勇民在，当年的气氛就有了。前段时间韩国发生了许多事，金融危机，总统自杀，心里很担心他们会不会受到影响。一见之下，权勇民同学生活得很滋润，内心释然，真是太好了。

李林安同学总是忙得像个陀螺，两次聚会都没能好好和他吃个饭。好在他身体很好，跑了一整天，半夜12点还非要拉着我上火车站买票。安子，身体好是上帝对你的偏爱，要好好珍惜，不能透支哟。

见到严哲明同学时，他开着一辆新崭崭的"帕萨特"，邢辉、洪奇也都住上了一种叫做"别墅"的房子，房间多得让人眼晕。我悄悄地对邢辉说：房子这么多，一个老婆就有点少了。不料邢辉这个"妻管严"很快把这句话一字不差地向他老婆转达了，害得我没少挨邢太太的白眼。在此我向邢太太道歉，我的本意是，房子这么多，一个孩子就有点少了。天热一着急就说错了。

这次还见到了汪泳同学的太太和他两个漂亮的儿子。汪太太是天大1987届力学系的，李林安、马驰他们都很熟，这两个家伙都曾和我说过，汪太太身材特别好，每到夏天，穿一条热裤在校园一走，惊艳一片。可这次她自始至终穿的是一条长长宽宽的裙子，连脚丫子都看不到，不过从长宽比看，李教授、马教授应该所言不虚。

未能见到付晓闻同学，据说是因为他爸爸身体欠佳，在此祝付爸爸早日康复。如有什么需要帮助，和同学们说一声，同学们肯定会尽力帮你的。

　　这次还学会了一种扑克牌玩法，叫"干瞪眼"。这是邢辉教给大家的，玩着玩着我发现，我总是输多赢少，最后我得出一个结论：眼睛小的人和眼睛大的人玩，必输无疑。

　　每次聚会，天津的同学都是会付出许许多多辛苦的，他们各自都有自己的事业，都很忙，操持这些事也真不容易，但我还是不想说谢谢，我只是也想有这样的机会为人家服务。欢迎大家到大同来玩吧。

　　之所以把这些啰啰嗦嗦地写出来，是为了把这份快乐收藏。再过20年，当你坐拥豪宅，儿孙绕膝的时候，再想想这些曾经的事，你或许会感叹说：友情无价呀！

2009 年 7 月 5 日

# 向大同人民致敬

昨天是9月19日，下午出门，顺着东城墙公园的北头往南头走。

第一次进去，真是开了眼，以前我上班的位置，现在竟变成了一条碧波荡漾的河，专家们称为护城河。短短三年的时间，何止是大变样，简直是沧海桑田。放眼一望，两边全是碧绿碧绿的草坪。游玩的市民真不少，有老的，有小的，有照相的，有说笑的。问一个看似施工的人员河里的水有多深，说有三米深。我正纳闷为什么要那么深呢，不觉走到了和阳门处，忽见河里漂着两只鸭状游船，才明白，这河不仅护城，还可划船，碧波荡漾，河水泛舟，恍若到了江南水乡。

在护城河的左边，有一处下沉式的中国古典四合院，那掩映在草坪中的小筒瓦坡屋顶煞是好看。顺阶而下，见一位老者正手扶窗棂，啧啧称奇：真是了不起呀，这工程，精雕细刻得多好，谁能住上这么好的四合院。我告诉他这是神住的地方，不是人住的地方。老者又感叹这得花多少钱啊。我告诉他，这才哪到哪啊。

顺阶而上，回到护城河边，见一位大同口音的男子正指着河里漂着的一个塑料袋和空矿泉水瓶对身边女子说：大同人太没素质了，你看刚灌得好好的水就给扔脏东西。我不由得肃然起敬，心想，这话虽然打击面大了点，可这位中年男子不就是一个很有素质的人吗？正好我手里也拿着一个空矿泉水瓶，于是赶快找垃圾箱，可找了半天一个也没找到。找着找着竟内急起来，于是又赶快找厕所，放眼一望，全是草和树，不要说厕所，连一条抄近的小路都没有，偌大的公园基本上只有一条路，于是赶紧顺着原路往回返。提溜着一个空矿泉水瓶子，一脸的着急，左顾右盼急匆匆地走，不知道会不会有人以为我是一个捡破烂的。

快走出来的时候，忽然想起了那位老者和中年男子的话，我真想回头向他们敬个礼，你们的素质真是太高了。我下次来，一定会在家里把水喝足，然后带上一块尿不湿的。

晚上在家看电视，忽然发现咱们的"两节"又变成"一节"了，这个世界咋变化这么快呢？

2010 年 9 月 20 日

# 三省书屋

　　三省书屋是浑源县郝家寨村学校的一个小图书屋，面积不算大，两间房；书不算多，千余册。这是我和爱人姚桂桃女士于2009年在老家学校办的一件事。决定要做这件事情后，我们就从网上书店索要了图书目录，一本一本精心挑选，并征求学校老师的意见。书屋叫什么名字，也颇费了一些心思，想来想去，我决定叫三省书屋，并搜肠刮肚题了两首诗，请作家王祥夫题了名，请书法家冯少鹏把这两首诗手书装裱，一并赠予了学校。

　　这两首诗（或者叫八句话）是这样写的：


　　　熟读唐诗三百首，

　　　不会吟来也会"偷"。

　　　莫叹衣薄囊羞涩，

　　　金屋玉颜书中求。


　　　三省非学古圣人，

　　　勤学善思省乾坤。

　　　天文地理千秋事，

经典博览竹在胸。

我把这两首诗都题为《省·悟》，试图用这八句话告诉孩子们两件事：一件是为啥学习，一件是怎样学习。

"莫叹衣薄囊羞涩，金屋玉颜书中求"，这是说不要怨叹眼前的贫穷，通过学习一切都可以得到改变。

"天文地理千秋事，经典博览竹在胸"，这是说学习可以让一个人变得更聪敏，更智慧。天文地理，千秋万事，博览经典，成竹在胸。

以上两句话，主要说了为啥学的问题。

"熟读唐诗三百首，不会吟来也会偷"，这是说学习要善于从先人的文化中汲取营养，日积月累，必有所成。

"三省非学古圣人，勤学善思省乾坤"，这是说学习要勤下苦工，视野开阔，善于思考。三省，并非是古人曰三省吾身之意，三省，即多多思考，这样才会有省乾坤的开阔视野和竹在胸的应对能力。

以上两句话，主要说了怎样学的问题。

我和桂桃都是工薪阶层，花几万块钱办这件事也并不是很容易，但在我心里，这一直是必须做的一件事。记得刚参加工作时，每次回到村里，碰到老乡们都对我非常热情，问长问短，开始我觉得很舒服，似乎还有一点优越感，有时还会抱怨村里怎么这么落后，变化那么慢。后来就觉得不对劲了，因为我发现我根本没有资格抱怨，我对这个村，长期以来其实没有过一分钱的贡献，面对父老乡亲的热情淳朴，我实在无颜面对，我欠他们的太多了。

从小学到初中，我在郝家寨学校读书九个年头，那是20世纪70年代，学费书费，什么钱都不用花，到了冬天，大队派车拉来的炭总是把教室的墙角堆得满满的，是父老乡亲们用血汗培养了我，我必须报答。

另外，特别感谢马校长和吴银老师，因为他们比我做得更多。

2011 年 6 月 14 日

# 我想谈谈文化

## ——余秋雨《大古都 大文化》报告读后感

写下这个标题，自己都觉得大言不惭。一个没多少文化的人要来谈文化，就好比是一个视力不好的人要去沙里拣金。不过我还是想谈谈。

打开2010年大同的报纸，你会发现，文化这个词儿肯定是大同的第一热词，除去其他地方都有的食文化、酒文化，这里还有古都文化、边塞文化、城墙文化、寺庙文化……似乎这个地方抓把土都是文化。但同时有个奇怪的现象，媒体上说的这些文化都指的是物而不是人，更奇怪的是一旦提到人，媒体又众口一词地说大同人素质低、没文化，这常常让我感到困惑。大同到底是有文化还是没文化？我从余秋雨先生来大同所作的《大古都　大文化》报告中似乎找到了答案。

有必要先重复一下余先生关于文化的定义：文化是一种精神价值和生活方式，它的最后成果是集体人格。

这是一个简洁清晰的定义，但凡文化都有三个要素：精神价值、生活方式、集体人格。

如果以余先生这个文化定义为标准，对其中的三要素进行剖析，大概可以得出如下结论：

一、文化的载体是人而不是物。

这是显而易见的，因为没有哪一种物有生活方式，更不会有什么集体人格，即使所谓的精神价值也往往是活人的牵强附会。比如大同的云冈石窟，它有生活方式和集体人格吗？如果说有一点精神价值，那又是什么呢？所以说云冈石窟不是文化。这么说肯定有人不高兴，如此伟大的世界文化遗产，多少人在研究它，多少人在朝拜它，不是文化那是什么？按照余先生的说法，云冈石窟，那应该叫"文化的实体记忆"。一个没有生命的东西，它再久远再宏大也不能说它是文化，它至多是一种文化记忆。

二、文化是中性的。

一般来说，提到文化，人人向而往之，这其实也是一个错误的概念。在人类历史长河中，不同时期、不同民族形成的文化丰富多彩、千差万别，有的是先进文明的，比如尊老爱幼、扶危济困；有的是愚昧落后的，比如三纲五常、男尊女卑等等。因此整体而言，文化这个词儿不褒不贬，是中性的。之所以强调这一点是说明我们对待文化应有的态度，那就是取其精华，去其糟粕，绝不可全盘接受，被所谓的文化束缚蒙蔽。

三、文化与一个人读书多少无关。

在日常生活中，说某个人有文化，肯定是说此人读书多文凭高。其实不然，文化人人都有，与读书多少无关。为说明这个问题，打一个小比方：比如有人悄悄放了一个屁，这就是一个文化事件，悄悄放屁是他的生活方式，这包含了他公开放屁怕人笑话的精神价值，同时也体现了公开放屁是丢人的这样一种集体人格，这不就是文化吗？这当然与读书多少无关。反过来讲，读得书多也并不见得就有文化，生活中这样的人太多了，"满嘴仁义道德，一肚子男盗女娼"说的就是这种人。这种人往往喜欢对别人指手画脚，说三道四，台上一套台下一套，用文化的外衣掩盖其肮脏的内心，这种人书读得再多也是十足的流氓加文盲，因为他们的生活方式、精神价值与集体人格是背离的。

四、文化的主体是人民大众，但其倡导者肯定是统治集团。

因为文化是一种精神价值和生活方式，它的最后成果是集体人格，所以文化的表现方式肯定是一种集体行为，换句话说，它的主体是人民大众。但是，一个社会会形成一种什么样的文化，倡导者肯定是这个社会的统治者。"上有好者，下必甚焉"就是这个道理，这种倡导不是命令不是口号，而是统治者身体力行所传达出的一种价值导向。

五、在文明与野蛮的较量中，文明往往处于劣势。

这是听完余先生《大古都 大文化》报告后，得出的一个最让人丧气的结论。最能说明这个问题的是宋朝的灭亡。当时的宋朝，经济、文化、科技绝对是世界一流，宋朝的GDP是唐朝的两倍，可就是这样一个伟大的朝代却让蒙古人骑着马就灭了。为什么呢？其实仔细想想也不奇怪。在中国历史中，一个朝代步入鼎盛文明的时期，肯定是其忠信礼义的孔孟文化成为主流文化的时期。忠信礼义是好，但少了一点霸气，用余秋雨的话说是缺少了马背上的雄风。一个写诗的皇帝怎么能斗得过一个只识弯弓射大雕的大汗呢？对于个人而言也是这个道理，一个谦谦君子往往很难成为一个时代的强者，这是人性的悲哀，也是中国文化的悲哀。

明白了以上五个问题，再谈谈咱们大同自己的事儿。

从2008年起，大同市政府在大同市老城区核心地段3.28平方千米范围内开始了大规模的旧城保护工程。旧城保护是官方的说法，更准确的说法应该叫旧城重建。这个工程有多大？在此做一个简单的描述：1.恢复这一范围周边的城墙及护城河，全长7.2千米；2.拆除这一范围及外扩数百米内的所有现代建筑；3.将旧城区90%以上的居民全部迁到城外；4.恢复重建这一范围内所有寺、庙、宫、府等古建筑，重建1500余座明清四合院；5.将所有街道名称根据史料重新命名，如清远街、武定街等。整个工程涉拆面积数千万平方米，涉迁人口数十万人。

面对这样一个庞大的工程，有人欢呼，有人感叹，也有人愤怒。为什么要这样干？按照官方的说法大概有以下两个理由：一.大同是国务院首批公布的24个历史文化名城之一，古城内现存或曾有的历史古迹都是宝贵的文化遗产，应该很好地保护。关于这一点，余秋雨在报告里做了更深层的解读：大同平城是大唐盛世的发祥地，公元398年，正是北魏王朝年轻的皇帝拓拔宏以一种海纳百川的胸怀，进行了各民族文化的大融合，给日渐式微的汉文化注入了膘悍的马背雄风，因此才有了以后的大唐盛世，从这个意义讲，大同平城是中华文明肌体上的一个重要穴位，今天大同古城的重建是在这个穴位上为中华文明树的一个里程碑，具有世界意义。此外，大同是能源型城市，长期以来产业单一，亟需经济转型，绿色崛起，打造古城旅游产业是其中的要义之一。

关于官方的理由不想评说。大同这场令全国瞩目的造城运动，有许多人也进行了文化解读，除了余秋雨，还有冯骥才、韩美林等。大同许多认为自己有文化的人更是欣喜若狂，古都、皇城、王府、城墙成了他们不厌其烦、津津乐道的话题。在他们眼里，似乎这就是大同文化，惟此才能彰显大同历史的久远和文化的厚重，果真如此吗？

从余秋雨先生关于文化的三个要素看，拆宅盖庙修城墙，这和大同文化有什么关系呢？这是一种什么样的精神价值和生活方式呢？它又会形成一种什么样的集体人格呢？活人给死人腾地方，而且是以文化的名义，拓跋宏若地下有知，不知作何感想。大同这场造城运动有一个非常奇怪的现象，那就是真正大同人能够参与其中的非常之少，规划、设计、施工基本上都是外地人，甚至那些砖石木材也很少是大同生产的，大同人能做的似乎只有搬迁和还贷。把活人都赶跑了，还谈文化，皮之不存，毛将焉附？

但是，大同今天发生的一切对大同人生活方式的影响无疑是深远的，同时也肯定会冲击到大同人的精神价值和集体人格，从这个意义上讲，大同文化在这场造城运动中不是厚重了，而是削弱了。林立的高楼，宽阔的马路，走在街上，甚至连一棵熟悉的树都没有，在家门口就背井离乡了。

这是一种城市的病，大同病得不轻。

那花巨资修建的寺庙城墙到底有什么意义呢？冯骥才说，那是对人类文化遗产的保护。那么，保护这个词儿是什么意思？那钢筋混凝土的护城河是哪一种保护？那拆掉的雁塔又是哪一种保护？那林立的塔吊、无处不在的钢筋水泥居然还说是"原工艺、原材料"，这又算是一种什么样的保护？余秋雨先生说，那是中华文明的实体记忆。可问题是记忆是有选择性的，有些所谓专家来到大同，住着最好的房子，吃着最好的宴席，拿着不菲的演讲费，记忆的是拓拔宏、冯太后乃至大唐盛世；可大同老百姓记忆的恐怕是强拆、搬家、失业、泥头车……官员说，这些是我市打造旅游产业的重要文化资源。据报载，平遥古城一年旅游免费招待达十万人次，官员忙于应酬，财政年年吃紧，巨大的古城维护费用更成了平遥人一个卸不掉的包袱。大同会如何呢？想都不敢想。

那到底有什么意义呢？天不知道，人也不知道。

最后回到开头的那个问题，大同有文化吗？大同当然有文化。说它有文化，并不是因为它曾是什么三朝古都，两朝重镇，更不是因为它有什么善化寺、云冈石窟，而是因为这块土地上仍生活着300万鲜活的大同儿女。曾经的大同人生活讲究，爱吃爱穿，大气包容，不拘一格，思想前卫，敢想敢为，这些都是大同人典型的文化特征。但是，随着城市结构与人们生活方式的急剧变化，市场经济及现实压力对传统精神价值的不断冲击，大同文化会逐渐变得模糊和趋同，一些劣质的文化内涵也有了滋生的土壤，比如，诚信的缺失、过分爱钱、趋炎附势、溜须拍马等等，你到网络上看看就会知道，这有多可怕。

人类在一条绝路上狂奔，大同居然跑在了前头……我的故乡啊。

2011 年 9 月 6 日

# 道德的血液

2011年2月27日，时任总理温家宝与网友在线交流。在谈到房地产问题时，温总理说了一段字字掷地有声的话："在这里我也想说一点对房地产商的话，我没有调查你们每一个房地产商的利润，但是我认为房地产商作为社会的一个成员，你们应该对社会尽到应有的责任。你们的身上也应该流着道德的血液。"此言一出，一片哗然，开发商的德行第一次遭到了官方的公开质疑，而且这种质疑来自最高层。一时间，天雷滚滚，人人喊打，开发商成了过街的老鼠。

来到华岳集团公司工作已近三月，之前的工作也是和开发商打交道，从内心里讲，大部分开发商还是值得尊重的。一片低矮破旧的房屋，经过一群人一年两年的努力，变成了一个崭新漂亮，怡人舒适的居住小区。设计、施工、监理，许多人为此付出了很多，但付出最多的还是开发商，从设计品质，到施工质量，从市场分析，到资金运作，从交房验收，到物业服务，每一项都少不了开发商辛勤的劳动，当然，他们也是得到最多的人。如果仅因为他们得到的多，就说他们身上流着不道德的血液，这怎么着也说不过去。

老百姓之所以对开发商屡有诟病，大概有这么几个原因：房价奇高，夸大宣传，面积缩水，偷工减料等等，但这些板子都打在开发商的屁股上，实在有失公允。比如就房价来说，如果各级政府打开自己的金库看看，里边有多少银子是由房地产贡献的，明白了这一点，也就明白了房价为什么高了。

来到华岳集团后，曾参加过几次公司例会，各部门都非常认真地汇报工作，谈论如何做好每一个细节，花好每一分钱，如何保证房子的质量，让业主满意。听得出，公司的钱也并不富裕，钱哪里去了？当然是买地盖房子了。有人说中国的房地产把中国经济绑架了，其实每一个开发商不都也被绑在了中国这辆飞驰的列车上了吗？谁能下得来呢？

大概是从2008年起，我突然对自己的工作有了一种厌恶的感觉，每天打开网络，到处充斥的是强拆、自焚的消息，我们生活的这个城市，到处是残垣断壁乌烟瘴气的拆迁现场。飙升的房价，微薄的收入，身边的每个人都在为房子而焦虑不安，年轻人们在房子面前是那样的无助而迷茫，中国的房地产怎么啦？我们每天加班加点辛勤地工作是为了什么呢？

"做责任地产，造老百姓买得起、住得起的好房子"，这是我在华岳地产广告上看到的一句话，来到华岳集团后，才知道这句话也正是华岳集团地产项目的开发宗旨。这真是让人感动的一句话，在这样一个时代，做到这句话肯定很不容易，可暂时做不到而能想到也是非常值得令人尊重的。我想起了1999年的一件事：那一年华岳地产开发福薇小区项目，图纸已设计好了，可老总昝宝石先生非要在屋顶加一个大挑檐。当时的住宅大多是清水砖墙的火柴盒子，加一个大挑檐，要多花好多钱，但房子不会因此多卖一分钱。这件事给我的印象特别深，从这件事我知道了昝总不是一个唯利是图的人，他追求品质，追求完美，他是一个用心做责任地产，办大事的人。

很荣幸成为华岳集团的一员，这是一个很有凝聚力和行动力的集体，在这里我也认识了许多值得尊重的人。老总们工作千头万绪，可他们总是强调凡事要为业主着想，业主满意是一切工作的出发点。他们每天的工作不仅非常辛苦，而且承受着很大的压力，因为他们每天要对一砖一瓦的质量负责，要对一人一事的安排负责。要对工程、经营、审计、销售、物质各部门的同仁负责，要对每一位业主的满意负责。

创造每一片繁华，

倾注每份心血于苍茫。

点燃万家灯火的光亮，

黑夜从此不荒凉。

我相信每一个华岳人都是身上流着道德血液的人。

2011 年 12 月 15 日

# 这些年，那些事

　　前几天有人在设计二院群里喊我吴大师，这让我很尴尬。我心想，哪有什么大师，能当个合格的工程师都不易。但是大家既然都这么叫，我就索性吹个牛吧，免得一直尴尬下去。

　　我出生在浑源农村，八岁才上学，之所以上学迟，是因为我在家里最小，后边没有小的，大人就惯着。据说，我是被我大姐揪着耳朵直接从我妈怀里拉到学校的。但我这个人很奇怪，从进了教室那一刻起，我就特别守规矩了，从来不逃学，上课认真听，似乎从小到大也没让老师批评过。那是20世纪70年代的时候，村里很穷，顿顿玉米面，不要说营养，有时肚子都填不饱。大概是在初一年级时，我得了一种病，每天只能上半天学，一到下午就头晕得非常厉害，第二天就又没事了。这样持续了一段时间，后来浑身皮肤发黄，眼睛也发黄了，父亲领我到公社医院检查，医生说是贫血，黄疸型肝炎。因为这个病，我初一的时候留级了。这件事对我后来的影响很大，也就是因为这个留级，赶上了学制改革，初中二年变三年，高中二年变三年，我的学龄比同龄人整整长了三年。

　　我的初中也是在我们村上的，从初二起，我借宿在一个同学的家里。借宿不是我主动要求的，这个同学的父亲是村干部，家里宽敞些，对孩子学习也非常重视，我学习好，他们很乐意我到他们家去借宿，那时我学习确实很勤奋。村里的教室冬天要生炉子，同学们轮流值日，记得有一段时间我们俩每天早上至少比别人早到一个小时，值日生去了，一炉火已烧完了，那时村里还经常停电，我们就点着煤油灯学。当时为啥不早早起来就在家里学呢？现在想来，大概是小孩子想做给老师同学们看的一个小虚荣心吧。到了初二，有了物理化学课，教我们的是两位刚从师范学院毕业的年轻老师。初三时，物理老师的父亲得了眼疾，他请假领父亲到太原看病去了，这个假一请就是好几个月，我们就没有物理老师了。其他老师们都说这一茬孩子可惜了，但我们自学，中考时，我物理考了满分100分，连物理实验题都是满分。其实我连个烧杯都没见过，哪做过什么实验呀。

1981年，我以425分的成绩考入浑源一中。那年浑源师范的录取分数线才370分，我们那一届共有6个班，招了浑、灵、广三个县的学生，我被分到了93班。我中考成绩好，当了班上的学习委员和物理课代表。那时整个社会还是很穷的，每月12块钱的伙食费，天天窝窝头，生活的苦自不必说，那真是脱皮掉肉的三年。1984年高考，我以520分的成绩，顺利考入天津大学。

现在回忆那一段中学的学习生活，还是颇感自豪的，这一段经历教会了我吃苦，也尝到了奋斗的乐趣。后来的生活，再苦我也不觉得苦了。

上大学后，突然从一个小地方到了一个大城市，真还有点不太适应，来自全国各地的同学，光一个说话，就适应了大半年。上英语课，老师一张嘴，一句也听不懂。基础课是大课，一个阶梯教室，300多名学生，坐在后边什么也听不清。上课的教室也不固定，这节课在这座楼，下节课就在另一座楼了，刚开始对校园又不熟悉，疲于奔命。到了上专业课的时候，相对就好一点了。

现在回想起大学的生活，真的是有一种混沌的感觉。对自己没要求，对前途没目标，只想早点毕业上班挣钱，虽不能说混日子，但功夫真的是没下多少。我们班当时作为全国高校学分制试点班，自己申请，积够学分就可提前毕业，因此我的大学上了三年半，提前半年就毕业了，毕业证上还印了"学习优良，提前毕业"八个字。其实我感觉是对不起这八个字的。

大学毕业就回大同工作了，回大同的直接原因是我在大同有两个姐姐，还有两个姑姑，大同从小就是我向往的一个大城市。

在设计院工作的这30多年，成功失败，酸甜苦辣，真是一言难尽。记得上班第一年，年终我挣了1500块钱奖金。全院最高的大概也就2000来块，我所在的那个设计室主任是夏慧贞主任，她人很好，对我也很照顾。我学的是工程力学，和工民建毕竟还隔着一层，同事们也给了我不少帮助。我记得那一年，我画过住宅楼，也画过门房大门，还画过一个古建坡顶的框架结构办公楼。那时同事们都很淳朴，工作中相互帮助，下了班一块儿玩玩扑克，虽然挣得不多，但很开心。那时活特别少，整个设计院一年也就大概完成四五十万的产值。1989年的时候，我是有心去深圳的，但当年6月份时认识了姚桂桃，这个念头就打消了。后来单位有了计算机，又搞了一段时间电算工作，那时电算工作也非常简单，就一个框架计算程序，设计人员把框架简图交给我，我输进去，把计算结果打印出来交给他们就行了。后来有了CAD软件，我还到太原参加了一个月的Autocad软件学习培训，我大概是大同市接触计算机辅助设计较早的一个人。回来后，经过一段时间学习，我用Autolisp软件编了一些小程序，比如画轴线、画墙线、布预制板、画钢筋，常用节点设计菜单等等。我曾经用这些小程序，花了两天的时间，完成了一栋框架办公楼的设计任务，这大概是1998年的事。后来有了天正软件，PK、PM软件也逐渐成熟，这些软件就没用了。当时活不多,为了多一点收入,也是工作的需要和喜欢,我又自学了3dmax,photoshop等效果图设计软件,我想结构工程师做效果图,这在全国也是少见的吧。

1997年，山西省举行了第一次结构工程师注册考试，太原理工大学还办了培训班。那一年我家里出了一点事儿，我二哥被牵扯到了他们单位的一起案件中，全家上下都很着急，我也没办法坐下来复习，更不要说培训了。但考试后，我还是幸运地通过了，成为了大同市第一批一级注册结构工程师之一。

1998年，设计院改制，改变了单位每一个人的生活。这种改变，是好是坏，真很难说清，总的来说，改制后大部分设计人员的收入提高了，但社会地位下降了（其实不改制收入也会提高的）。市场化，既诱人又可怕，我是极为不适应这种变化的。我总认为，作为一个工程师应该靠技术吃饭，这是本分，也是最靠谱的。事实上，改制后的设计院也不可避免地很快成了江湖，靠技术混江湖是远远不够的。1999年干浑源西关街设计项目，在当时这个活已经算是大活儿了，靠一个所的力量连方案都拿不出来，我只好到天津大学做方案，花了不少钱。与开发商谈的设计费又低，开发商说你只管出图，盖章的事他去解决，因此这个活儿阴差阳错地就没在单位出图，惹怒了院长，从此我在设计院也基本上是江湖之外的人了。

当然，改制归改制，江湖归江湖，怎么着我也不能让江湖困死。2001年，我注册了万里图设计中心，专门做效果图及其他图文设计工作。2003年，大同市实施平改坡工程，一家施工企业请我做平改坡方案效果图，我做的方案得到了当时房管局局长的肯定，这一做就是五年，可以说大同市平改坡工程设计大概一半多都是我做的。除施工图外，前后至少做了300多张效果图，可直到今天，政府仍欠着30多万元的设计费。

政府欠钱这件事儿，让我对这个社会真的很失望。政府都这样了，开发商又能好到哪里去？连个说理的地方都没有。过去在单位，凡事儿我总爱叫个真，讲个理，从那以后，我就不想讲了，太多的事情告诉我，哪有什么理好讲，脸厚胆大你就多拿点儿，胆小脸薄你就憋屈着。从那以后我也不想去揽什么活了，门门坎坎的，哪一道门都不好进，运气不好就让人坑了。

2008年，大同开始了惊天动地的大拆大建，我的那个为万里图设计中心租的房子也拆了。有一天我从网上看到了大同古城保护的效果图，护城河、城墙、四合院，这不是要把大同城全拆了吗？这怎么可能？可没过多长时间真开始拆了。我写了一篇文章《走在大同这片废墟上》，发在了网络上，不料遭到了一些迫切期望大同改变的网友们的一片谩骂，并且对我的专业能力冷嘲热讽。这倒刺激了我写作的欲望，从那以后我写了许多文章，还写了些诗词，有些在朋友圈、同学群发过，但大部分都没有发过。我觉得生活有时需要自己和自己聊一聊，这是一种宣泄，也是一种记录、一种思考吧。

有人说我不赞成政府的做法，是因为政府欠我的钱。其实我真还没有那么狭隘。我只是觉得，撇开这种做法从专业上讲是否合理不说，大同市是大同人民的大同市，这是我们大同人生活的家园，它的好或者不好，应该由大同人民用自己的双手让它一点点改变，那些房子虽然破一点，旧一点，但也包含着我们每一个大同人的情感和心血呀，敝帚还自珍呢，咋能说拆就拆呢？这太粗暴了吧。

2009年，我报考了国家一级注册建筑师的考试，没想到这一考就是十年，最后九科过了八科，让方案作图卡住了。证虽没拿到，但学业上还是有收获的，感觉对一个建筑项目的好坏有了一点比较靠谱的分析能力，这让我萌生了搞图纸设计优化的念头。2015年，给大同市阳光车城项目做图纸优化，兼任总工。按照合同约定，除工资外，按8%提成优化节约成本效益。后经项目部预算人员核算，节约成本一千多万，最后抵顶一台奥迪车了事。这件事，虽然我没有拿到所有应得的钱，但我还是很开心的，我觉得这是我作为一个本地技术人员，在大同建筑市场生存极为被动情况下的一次突破，也是对自我能力、价值的一次展示和认可。

关于图纸优化我多说一句，许多设计人员对图纸优化这件事是有抵触情绪的。其实任何一份图纸从纸上到实物，都会有许多变更，这非常正常，这种变更不是简单纠错，而是综合考虑各种因素后做出的合理调整。在这个过程中，当然也可能会把图纸中潜在的较大缺陷找出来，避免造成安全事故或大的浪费，这无论怎么说，对设计院人员都是一件非常好的事情。有人替你把关操心，何乐不为？为什么要抵触呢？

在工作中，我是一个在技术上很不安分的人，总想有一点创新，有一点突破。比如，刚上班时我就较早地应用了在当时还很少有人用的大直径人工挖孔桩基础；在下寺坡时代广场的项目上，我用膨胀带的做法代替了混凝土后浇带和伸缩缝的做法；在浑源西关街项目上，采用了灰土井柱基础的做法；平改坡项目我的做法和标准图也完全不一样。这种创新的冲动，显然和这个粗放快速发展的社会是不相适应的，这给我自己也带来过许多麻烦，但我觉得还是值得的。我认为，创新精神对于一个设计人员而言，是一种很重要的素质。

这就是我大概的学习工作经历。今天的我，觉得是职业能力最好的时候，建筑、结构、效果图、设计优化、甲方、总工，我都干过，也算有了一点点经验，一点点成绩吧。

回顾这三十年来的工作经历，感慨良多。一路走来，跌跌撞撞。有人叫我吴大师，还有人叫我吴大侠、吴才子、吴总、吴诗人，甚至还有叫我吴院长的。虽是戏谑，还是感谢大家的抬爱。有人问我，你本来是搞结构的，为什么去做效果图了呢？为什么又去考注册建筑师了呢？原因很多，但根本的原因只有一个，那就是想站着活下去，多学一点总是多一条出路吧。一介书生，舍此奈何？中国改革开放这么多年来，建筑业风生水起，可也浊浪滔天，恶劣的市场环境几乎让人窒息。能在建筑业这个圈子混出来，活下去，我觉得都是超人。

　　写此文别无他意，更无对过往人和事的抱怨，算是我人生的一个小结，也是和新老同事们的一个交流吧。我其实是一个自由随性的人，没有太强的集体观念，感谢设计院包容了我，历练了我，对我个人而言，成功失败，无怨无悔。只是作为设计院的人，并没能为设计院做多少事，这是我人生的一大遗憾吧。

2019 年 5 月 21 日

# 我的 2019

今天，是2019年的最后一天，也是我55岁的生日，需要好好总结一下。

总体来说，2019年过得有点快。快得让人感觉有点儿恍惚。这一年，发生了许多事儿，经历了许多事儿，也做了许多事儿，但所有的事儿都恍恍惚惚，似乎做了又似乎什么也没做。似乎发生了什么又似乎什么也没发生。这种感觉就像坐着一辆破车，在一条颠簸崎岖的路上走，想走快点儿不能，想停下来也挺难，颠来颠去，最后连要往哪个方向走都搞不清了。

2019年，我坐了好多次飞机，上海、日本、武汉、长沙、兰州。坐在飞机上，有时觉得自己特别渺小，像一片随风而起的树叶。有时又觉得自己特别的强大，像一只雄鹰俯瞰祖国的山河大地。这种时而渺小时而强大的感觉，让我恍惚不已。

2019年，"上班"这件事也让我很恍惚。一年来我不知道自己是在上班还是没上班，是该上班还是不该上班？画图、揽活儿，有什么意思？我也经常对着马路上奔涌的车流恍惚，你们每天在忙啥呢？有意思吗？

2019年8、9月份，我在上海建工设计研究院工作了一个半月。我的初衷是到大都市感受一下现代的文明，寻找一点工作的意义和生活的乐趣。结果一个半月来，每天在地铁上像老鼠一样窜来窜去，一波一波拥挤上来的年轻人，像一条条被海浪拍到沙滩上的鱼，被动、疲惫、呆滞，看着让人窒息。到了办公室，早九晚五，大家似乎都挺忙，吃个午饭也要排队，总有人要加班，也总有人因为不能满足甲方的要求而叫苦不迭。我又恍惚了，这么辛苦是为了什么呢？乐趣哪里去了？意义呢？

我是个多事矫情的人，凡事儿总要忍不住去想一想，该不该？值不值？比如挣钱这件事儿。人活着总要挣钱吃饭，可吃饭又用不了多少钱，挣更多的钱是为了什么呢？是为了让自己的能力得到别人的肯定吗？是为了得到别人的赞美羡慕吗？可那些挣了好多钱的人得到了别人的肯定赞美了吗？为什么要挣钱呀？这真是太让人恍惚了。最近脑子里总有一句话飘来飘去：别想拿钱欺负我。一想到要挣钱，就想到要让别人欺负，好像钱就是用来欺负人的。怎么办呢？想来想去，还是离钱远点吧，离钱远了，别人就不好欺负你了。

2019年，女儿出嫁了。这件事想来也很恍惚，一个黄毛丫头怎么就嫁人了呢？怎么突然会有一个并不很熟悉的男孩叫我爸爸？我突然间成了传说中的岳父？不久的将来还要当姥爷？太不可思议了。

2019年，我亲爱的大姐走了。这是一件不能想不能说的事儿。大姐是看着我长大的，她既是我的姐姐，又是我的老师。她16岁就当老师了，她结婚时我才5岁。我这50多年，大姐一直陪着我，她为我的高兴而高兴，为我的难过而难过，怎么可能撇下我就走了呢？我真的不相信这是真的。恍惚呀。

今天早上，洗完脸好好照了照镜子，头发花白了，胡子也似乎白了，两个大眼袋像盛了多少委屈似的垂着。这是我吗？恍惚得连自己都快认不得了。

女儿说："恍惚有时候是我们理解不了，想不清楚，有时候是我们不忍心或没准备好坦然面对。唉！人生的风景就如四季变化，一切花开花落都自然无常。认真生活，热爱生活，感受每一天不同的风景，当自己一边生活一边觉得不需要想清楚的时候，或许就想清楚了吧！"

朋友，你恍惚吗？

# 关于城市

前段时间到周边的几个大城市转了转，回来写了几篇文章，发在网络上与大家分享。许多朋友看了以后说：写得不错，但有点意犹未尽。我想，他们说的这个意犹未尽，并不是说写得好，看了还想看，而是许多话说得不明不白，含含糊糊，如鲠在喉，因此索性再说一说。

聊到城市，建筑与城市规划是绕不开的话题。在《游太原记》《游天津记》《北京印象》几篇小文中，谈到了近年来城市更新中的大拆大建；谈到了以文化、旅游名义大规模的城市复古；谈到了所谓的新旧分开的"梁陈方案"；谈到了以北京"大裤衩"为代表的奇奇怪怪的建筑；谈到了建筑风水；谈到了遍布于各大城市的古玩文化街、寺庙，也谈到了改开后由于工业科技商业园区的兴起，造成城市市民通勤时间超长、工作生活脱节、城市交通拥堵、城市生态单一的"城市病"等等。

这些问题都是点到为止，似乎在一篇文章里也无法细说，但这些问题又不能不说。把这些问题想一想，捋一捋，或许就会对这个社会有一个基本的认知，对每天发生在我们身边大大小小的事儿，也能有一个比较清醒的认识。

比如我说，体量大的建筑是有风水的，这是一种迷信的说法吗？不是，因为建筑尤其是大型的标志性建筑，表面上是由建筑师设计，其实它是那个时代政治、经济、文化及社会生态共同作用的结果，只是借了建筑师之手而已。它以那么大的体量矗立于城市之中，也必然会把它所包含的政治、经济、文化信息传达出来，进而对社会产生影响，这就是风水。记得在学习建筑抗震设计时，教科书中说，承担重要社会职能的公共建筑，其造型要简洁，尽量横向对称，竖向均匀，以利于抗震。书中还用中央电视台旧大楼做了例子。但是，21世纪初，中央电视台新大楼，以"大裤衩"的姿态横空出世，完全打破了常识，为什么？因为那是一个摸着石头过河的时代，一个急于开放急于求变的时代，同时也是一个充满了欲望的时代。

再比如城市的大拆大建，把城市的产业功能剥离出来，放在远离城区的各类园区，其弊端是显而易见的。但为什么每个城市似乎都对此乐此不疲呢？因为这样做是最符合资本利益的，同时也正好契合这个时代的政绩观。

再比如许多城市搞古城保护，甚至投资几百亿再造一个假古城出来，这真的就是为了旅游吗？真的就是为了经济转型吗？不惜重金修复的府衙大院，它会传达出一种什么样的政治、经济、文化信息呢？这真是令人费解。

改革开放后特别是近20年来的城市巨变，以迅雷不及掩耳之势，重构了城市财富的分配格局，重塑了城市文化，自然也无时无刻地影响着每一个身在其中的人。

423

世态万象，纷繁复杂。随着城市化的步伐加快，我们绝大多数人都肯定要生活在城市里。对于大多数中国人而言，城市生活其实是非常陌生的。城市是什么？为什么要有城市？什么样的城市才是好的城市？今天的城市有什么问题？城市化会给我们个人、社会、国家带来怎样的变化？这诸多的问题对于大多数人来说，或许从来都没有想过，或者也来不及想。放下锄头上了楼，"幸福"来得太突然了。

什么是城市？

城市是"城"与"市"的组合词。"城"主要是为了防卫，"市"则是指进行交易的场所，这两者都是城市最原始的形态。城市的定义虽然在不同的学科里有所不同，但有其共同的特征：人口众多，居住集中，人们从事非农业劳动等。随着时代的发展，特别是到了近现代，城市的防卫功能日渐弱化，而交易功能日盛一日了。

为什么要有城市？

群居是人类生存的本能，但形成城市并不是必然。城市的起源有防御说、社会分工说、私有制说、阶级说、集市说、地利说等几种说法，不论哪一种说法，可以肯定的是，城市是伴随着交易的产生、发展而出现的。换句话说，城市是因交易的需要而产生和发展的。

什么样的城市是好的城市？

能给人们提供好生活的城市就是好城市。城市生活好不好，首先要想想什么样的生活是好生活。这是一个天大的难题，连网络都不知道答案，有一个法国作家还专门为这个问题写了一本书。每个人对生活的追求不同，一千个人可能会有一千个答案，但好的生活应该还是有一个基本标准和条件的，比如：有干净的空气和水；有充足的阳光；能吃得饱饭，睡得好觉；能有活儿干，但不要太累；能有班上，但不要离家太远；家庭团圆和睦，老有所养，幼有所教。如果一个人的生活能达到以上几条，真的可以算是好生活了。所以具体而言，如果一个城市能为市民提供达到以上所列的标准的生活条件，那这个城市就是好的城市了。

有一点儿城市生活经验的人都知道，现在的城市，以上几条对于大部分人来说，除去勉强能吃一口饱饭外，其他几条恐怕一条也达不到。

今天的城市有什么问题？

改革开放以来，有一句话叫"发展是硬道理"。发展是硬道理，这绝对是一句真理，但在现实的操作中，这个真理演变成了"发展经济是硬道理"。中国的经济学家们有这样一个理论（其实也是拾人牙慧），公平和效率是一对矛盾，在经济发展的初期，要想快速发展，必须效率优先，要想公平就难有效率。这一理论导致改革开放后城市规划建设的重心始终定位在效率上，城市人口快速膨胀、空间不断扩张，求大求全，千城一面。城区功能规划过于单一，居住、生产、消费场地相距甚远，不仅严重抬高了生产生活成本，造成许多社会问题，让居住在钢筋水泥森林中的人们产生一种疏离感和压迫感。同时也让城市自己的历史和未来缺少了联系，文化的传承与建构失去坐标。这种发展的逻辑仅仅是迫于发展目标适应资本流动的需要，人在其中反倒在其次，于是，水和空气被污染了；高楼林立阳光太少了，房子太贵了，有活儿干但太辛苦了，有班上但离家太远了，交通越来越堵了，上学看病太贵了，老人空巢了，儿童留守了……这些都是城市的"病"。

城市化会给我们个人、社会、国家带来怎样的变化？

城市化对每个人日常生活的影响是显而易见的。

对于个人而言，你的生活其实已经不是你的。在城市里，衣食住行，生老病死，打工赚钱，你不论干什么，总有一双眼睛在审视你，总有一个声音在质问你，对不对？值不值？够不够？而这个审视的标准往往只在一个钱字，生活的大多数内容都成了交易。

对于社会而言，交易成了一种文化，人们习惯于用交易的心态去衡量一切，包括感情。善于交易者成了这个社会的强者，而在种种交易过程中，由于推崇效率优先，不公平、不公正的交易比比皆是，强者通吃，巧取豪夺，乱象丛生。

对于国家而言，以效率为导向，基于市场交易逻辑的政策法规与五千年的中华文明形成了严重的冲突。公有与私有，个人与社会，攫取与奉献，创造与破坏，处处悖论。

发展是硬道理，但发展又是为了什么？这真是一个问题。

今天的中国从一个具有5000多年历史的农业国变成了一个强大的工业国，中华人民共和国成立70年，取得的最伟大的成就，就是把14亿中国人工业化了。但是，工业化是不是就必然伴随着城市化？工业化和城市化到底是一种什么样的关系？

从历史上看，城市化起源于工业革命，工业化大生产促使劳动力集中于城市，同时人口的集中又形成了巨大的交易市场，进而又生发出许许多多的产业来，反过来又促进了工业的发展。这显然是一个资本的逻辑，也是西方发达资本主义国家的发展轨迹。事实上，人类社会发展到今天，生产和交易这两大城市功能都日渐式微了，随着科学技术、人工智能的发展，工业化生产不再需要大量的劳动力，线上交易为人们提供了更为丰富便捷广阔的交易空间，城市化已失去了它的必然性和合理性。更为严重的是，中华文明作为人类四大文明之一，它是深深扎根于黄土地的农业文明，"为天地立心，为生民立命，为往圣继绝学，为万世开太平"，这是与天地同在，远高于物质层面的一种精神价值。如果中国沿着西方的老路盲目城市化，延续了5000年的中华文明也将失去它生存的土壤。

中华文明的根在农村，中华腾飞的希望也在农村。在这千年未有之大变局的历史关头，党中央提出了乡村振兴战略，国务院新组建了国家乡村振兴局，这是一项伟大的战略，也是中国走向真正伟大的开始。

2021 年 6 月 24 日

# 树叶

很想写一写树叶。

天一冷，树叶就开始掉了，这种场景总会让人心里有一丝凉意。中午醒来，风歇籁安，窗外的一片树叶突然兀自地落了下来，这一下子就让秋后的中午更加空寂起来，心里空落落的。

在路上走，常常喜欢摘一片或捡一片树叶与我同行，捡起来就捻在手上把玩，这是一种很奇妙的感觉，像是和一个朋友边走边聊天儿，脑子里海阔天空，无拘无束，再远的路也不寂寞了。我也经常很认真地观察一片树叶，它的形状、结构、色彩，那种感觉有时像在俯瞰一片绿色的大地，丰沛饱满，充满了希望。有时又像在抚摸一块温暖的肌肤，茎脉纵横，令人遐想。树叶的结构非常精致，叶柄、叶脉、叶片，奇妙组合，既对称大气，又千变万化，可谓是守正出奇的天造之作。

我想，谁也不知道世界上有多少种树叶。有人说世界上没有完全相同的两片树叶，这一点儿像极了人类，世界上大概也没有完全相同的两个人。有句话叫红花配绿叶，配角是绿叶的宿命，这一点和大多数人的命运也极其相似。树叶的生命周期极其短暂，出生、成长、死亡，每一个过程都步履匆匆，倏忽而过。其实人也大抵如此。

说到叶子，就会想到花。许多人特别爱花，用姹紫嫣红、五彩缤纷之类的词汇赞美它们，许多地方时不时还会有各类花展，甚至有的国家、城市还会选一种花当作国花、市花等等。但我对花几乎是无感的，看着虽然好看，但无论如何也亲近不起来。近几年随着花木培育技术的发展，街上还出现了许多非常奇怪的树，一到花季，满枝满枝的没有叶子，全是花，那妖艳的样子用花团锦簇已不足以形容，像一个打扮过分的妇人，看着让人心生惧意。树叶则不是这样子的，看到树叶，总会有一种轻爽宜人的感觉，树叶也从不争奇斗艳，更没有花的稚嫩娇贵之气，那一枝一枝的叶子，总是安静有序地排列着，色不艳俗，形不造作，简简单单，干干净净，让人联想到淑女或是君子。

　　也许有人说，树叶太普通、太平凡了，这句话也不能算错，但一个人，尤其是自以为活成了一朵花的人，如果忽视了普通平凡的伟大，必将铸成大错。你看那涛涛林海，你看那铮铮松柏，无数叶子的平凡，汇聚了多么荡气回肠的磅礴力量。

　　也有人觉得树叶司空见惯，单调乏味，如果把不同种类的树叶放在一起看，你肯定会发现单调乏味的其实是自己，大自然造物之神奇令人惊叹，圆的、长的、椭圆的、三角的、金黄、酒红、翠绿、酱紫，有的像一颗心，有的像一把扇，有的像一把伞，有的像一只蝴蝶，有的又像一根羽毛，再伟大的设计师也设计不出如此精美的形状和色彩吧。

　　树叶是平凡的，它的生命也是短暂的，但从树杈枝头上绽出鹅黄的尖尖角那一天起，就开启了它平凡而伟大浪漫的一生，从"不知细叶谁裁出，二月春风似剪刀"，到"碧玉妆成一树高，万条垂下绿丝绦"；从"停车坐爱枫林晚，霜叶红于二月花"，到"无边落木萧萧下，不尽长江滚滚来"。清纯、浪漫、浓烈、纯粹，每一个生命的季节都展示出了它唯美的独特的姿态和风度。尤其树叶离去的身影，不干枯，不萎顿，一身瑰丽，飘然入泥，那是一种怎样的生命顿悟？又是一首怎样的生命赞歌？

佛说，一花一世界，一叶一菩提，然也。

### 叶之歌

春来发幼芽，鹅黄日日新。

风剪纤纤姿，着绿叠叠荫。

细雨潜入夜，春色满边城。

酷暑倏忽至，叶肥绿更浓。

风吹翩跹舞，雨敲滴和声。

午燥蝉鸣急，乘凉老树荫。

秋凉寒霜降，风吹叶飘零。

生虽已苦短，老却更从容。

秋风乍起时，华然落缤纷。

我爱春叶绿，更爱秋叶红。

不恋挂高枝，淡然落泥尘。

归去当如是，回眸更惊鸿。

2021 年 10 月 14 日

# 今天星期六

我说的这个今天，其实是2021年12月12日。

吃过早饭，孩儿她娘说，今天上午在市图书馆有一个活动要去参加一下。我说我陪你一起去吧，天冷开车方便些，我也好久没有去过图书馆了。

大同市图书馆是大同市五大场馆中最早竣工的。可走在路上怎么也想不起新建的图书馆是个什么样子，印象中曾经去过两次图书馆，每次都是把车停在人行便道旁，穿过一条小路，从一个小小的门进去的。这次想着能不能把车开得离图书馆近一点，于是打开导航，目的地是图书馆停车场。顺着导航的指挥，上平城桥，过兴云街，沿着太阳宫五大场馆转了大半圈儿，到了目的地，可好像并没有一个停车场，倒是有一个地方有升降杆拦着，黑衣保安说外边的车不能进，只好再找人行道边停。好不容易找到一个空地儿，一位女子突然啪啪敲我的车窗，说这儿不能停车，从今天起大同市要创建文明城市，要停只能停到大剧院下边去。我说我要去图书馆，你让我停在大剧院干啥？在路边停个车就是不文明吗？女子说，你和我说没用，我这是工作。没办法只好再往前开，在一个貌似断头路的空地才勉强停下。

　　进图书馆可不是件容易的事儿。跨过一条大大的绿化隔离带，沿着一条小路，走了好远才到了图书馆一个小门儿跟前。好像前几次来也是从这个小门进去的，这可能是图书馆的后门或者侧门。疫情当前，测温、健康码、行程码、身份证，一个都不能少，进去还要再办一张阅读卡。

　　新建的图书馆还是非常新颖时尚的。一进门就是一个超大的共享空间，高度大概有五层楼那么高，像进了一个小剧场或者音乐厅。共享空间的两侧是顶天立地的书架，顺着书架是旋转的坡道，读者可以顺着坡道慢慢走，也可以随时停下来，找自己喜欢的书看一看。那情景像是在翻越一座书山，这不由得让人想起了"书山有路勤为径"那句话。我突发奇想，如果另两侧搞点水系就好了，最好是能划船的那种，或许会有"学海无边苦作舟"的意味。

　　我感觉像图书馆这样的地方，其实并非上佳的学习场所。在这样一个超大的空间读书是感觉特别累的，就像一个不太会游泳的人被抛进了大海里。排排书浪让人有点喘不过气来。抽取一本书看上几眼，换一本书再看上几眼，无论如何也没办法静下心来。物盈伤神，情浓伤心，任何东西多了都可能会适得其反吧。

　　在这个超大的图书共享空间，陈列的主要是文史哲类的图书。大概浏览了一下，尤其以改革开放以来的现代文学类作品居多。这一类书大概都有一个共同的特点，百分之九十九的内容是以"我"为中心的，我的家庭、我的遭遇、我的事业、我的爱情、我要成功、我要发财、我怎么样才能发财？诸如此类等等。看这类书其实是很累的，因为往往"我"了半天也说不出个所以然来，不仅不能给人以启发，相反徒增一些烦恼。文学是时代的产物，这是一句废话，其实什么都是时代的产物。1978改革开放，港台的、欧美的，世界各地的文学作品渐渐在国内流行了起来。20世纪80年代初，以伤痕文学为发端，中国内地的文学作品也随着时代改革开放了，"我"字当头，"私"字立意，打着张扬人性的旗号，为"私"张目正名。大概谁都没想到，短短几十年，中国就进行了另一场实质意义上的文化革命。不经意间，私，已经成为了我们这个时代文化的一个核儿。

在中国，"私"字从来都不是一个好词儿。纵观中华五千年的文化史，其实就是一部与"私"字的斗争史，从"四书五经"到"四大名著"，从忠孝廉耻到儒释道教，从周礼汉书到毛泽东思想，无处不彰显弘扬着一个"无私"的境界。这与西方文化似乎正好相反，西方哲学家提出了人生的三个终极问题：我是谁？我从哪来？我要到哪去？问了数百年，越问越糊涂，最后只能绝望。中国哲人来得干脆，无我，什么问题都解决了。

扯远了。正在书山上乱翻乱想的时候，一楼大厅突然一阵喧哗，一帮人要照一个集体照，这正是孩儿她娘所参加的活动。一个叫石图的大同年轻作家写了一本书，书名叫《拓跋上马》，今天在图书馆举行首发式。大同自从修了一座古城，就彻底地把拓跋氏当做祖宗了。我跟孩她娘说，应该写一部《拓跋上炕》才对。

回来的路上，由于脑子有点乱，可能在一个路口闯了红灯。找一个饭店吃了午饭，回到家已是下午2点多了，把车停在小区路边，准备午休后送到地库去。按照以往惯例，星期六、日是不会贴罚单的，不料一觉醒来，一张贴在车窗上的罚单正在午后的寒风中发抖。我一下就想起了拍打我车窗的那个女孩：大同这几天要创建文明城市，已经告诉你了，你不听，活该！

　　可到底什么是文明呢？

2021 年 12 月 14 日

# 鸟

在我家对面楼的四层阳台上，挂着两个鸟笼子，里面不知养了几只什么鸟，每天出门都能听到悦耳的鸟叫。那鸟的叫声真是好听，时而像一声深情的问候，时而又像几个孩童的热聊，清脆明亮，没有一丝老成哀怨之气。听到这样的天籁之音，出门的心情也一下子好起来了。

如果上天给我一次选择，我想变成一只鸟。

有一个词叫"霓裳羽衣"，用来形容华美漂亮的衣服，"羽"就是鸟的衣服。如果你想寻找世界上最漂亮的色彩，你不要看天上的彩虹，也不要看田野的花朵，你要看鸟；如果你要寻找世界上最漂亮的图案，你不要看名家的书画，也不要看巧匠的工艺，你要看鸟；如果你要寻找世界上最美的造型，你不要看山川河流，也不要看花草树木，你要看鸟。没有任何一件东西，比得上鸟羽色彩之华丽，图案的丰富，造型之奇崛。不信你去看看孔雀开屏，或者看看白鹤亮翅，那是怎样的一种惊艳?

鸟羽不仅色彩华丽，图案丰富，造型奇崛，而且有着无与伦比的实用功能。如果用结构设计的眼光看，羽毛的结构可谓完美，柔弱细软的羽毛经过巧妙的排列组合，层层叠叠，冬能御寒，夏能避暑，可高飞，可潜水，风吹不透，雨淋不透，色彩、造型、功能，三者完美结合，奇妙天成。

　　"食"是任何一种动物的本能。马吃草，狼吃肉，大鱼吃小鱼，小鱼吃虾米，那鸟吃什么呢？五谷杂粮，果壳草籽，虾鳖鱼蟹，蚂蚱臭虫，鸟什么都吃，鸟在吃上可谓是来者不拒。鸟的吃法也很简单直接，不用清洗，不用粉碎，不用煮熟，也不用咀嚼，直接囫囵吞，且从来不会食物中毒。鸟有一个特别神奇的消化系统，既是一台超强的研磨机，也是一台无故的滤毒器，不论什么东西吃进了鸟的肚里，都能快速地取其精华，去其糟粕。

　　鸟的住处叫"巢"。鸟是天生的建筑师，鸟盖房子的本领世界一流，不用任何工具，在高高的树杈间，用嘴一根一根衔来树枝儿，摆放堆积，慢慢就形成了一个精致漂亮的鸟巢；再衔来一根一根的茅草放在里边，柔软舒适。鸟巢的结构非常神奇，甚至不能用力学的知识去解释。高高的树杈间，一根一根小小的干树枝儿，怎么能立得住呢？且不怕风吹雨打，这真是一个谜。据说2008年北京奥运会，主体育场的设计灵感就来自于鸟巢，但实际操作完全没有掌握鸟巢的精髓，结构笨重，耗钢量巨大，没有一点真正鸟巢的轻巧自然之美，更像一个巨大笨重的鸟笼。

　　与其他生物相比，鸟"行"的本领更是得天独厚，海、陆、空，样样不在话下。像鸟一样自由飞翔是人类一个古老的梦想，后来有了飞机，人也可以飞翔了，但是离自由飞翔还差得很远。人类为了解决"行"的问题，真是费尽了周折，绞尽了脑汁，要修路，要架桥，要凿洞，要造车，要造船，对于鸟来说，这一切都是多余。在"行"的方面鸟还有一个强项，就是超强的记忆导航能力，据说有玩鸽子的人，把鸽子带到千里之外，让鸽子自己飞，等他坐着火车回到家，鸽子已经在家等他了。神奇不神奇？

鸟类有它们自己的语言吗？如果你仔细地观察聆听，你会相信鸟类是有自己的语言的。人们通常会用鸟语花香一词形容春天的美丽，鸟的音色、音调千变万化，极其丰富，据说有的爱鸟人士可以模仿鸟的叫声与鸟对话。中国有一首非常著名的民乐叫《百鸟朝凤》，用各种鸟的叫声描绘出一派生机勃勃的大自然景象，表达了人们对自由美好生活的向往和追求。

除此之外，鸟还有许多异禀的天赋，比如鸟的视力、鸟的听力，都远超人类极限。几百米高空飞翔的老鹰可准确捕捉到地面上的奔跑的兔子。有的鸟的眼睛还带有夜视功能。鸟的繁殖能力也是超凡脱俗的，鸟会把受精卵以蛋的形式排出体外，然后用自己的体温孵化，直到小鸟破壳而出。那是一个美好且没有痛苦的过程，不像哺乳动物，孕育生命的过程非常的辛苦且充满风险，简直是生死考验。

鸟不仅有如此强大的生存本领，它们的精神世界也格外丰富灿烂。在我经常散步的生态园里有一个小树林，每天早上，无数的鸟儿聚集在里边儿，叽叽喳喳，非常热闹。我虽然听不懂，但能感觉到它们聚在一起的快乐，像是在开一个晨会，热烈地讨论新的一天的活动。有的鸟儿还调皮地栖在最高的枝头，随风晃来晃去，像是在向同伴炫耀。

到了繁殖的季节，鸟儿们也会热烈地追求它们的爱情。鸟对爱情的态度是忠贞不二的，一旦彼此笃定，便相守一生。只羡鸳鸯不羡仙，说的就是鸟。

除了一些猛禽，大部分鸟都是群居的。动物和人类相似，有群就有江湖，比如狼群有狼王，猴群有猴王，内部的等级地位也是极其严苛的。但鸟的江湖就和善得多，鸟群里没有明确的鸟王，只有一些不同的分工，基本上鸟鸟平等。秋天到了，一群大雁往南飞，一会儿排成个"人"字，一会儿排成个"一"字，雁群经常地变换着队形并更换头雁。雁群中的领头雁承受的压力是最大的，消耗也是最大的。它飞累了，退到侧翼，另一只大雁则接替它飞在队形的最前面。领头雁在前面飞，后面的大雁嘎嘎叫，利用叫声鼓励同伴保持整体的队型和速度。如果有一只大雁掉队了，它旁边的两只大雁就会主动脱队跟随它、帮助它、保护它……团结协作，互帮互助，扶弱济困，这些人类孜孜以求的美德在大雁的迁徙中得到了完美的诠释。

如果按大类分，人类应该属于哺乳动物。就天然的生存本能而言，人大概是所有动物中最不堪的一种，赤条条地来到这个世上，为了衣食住行四个字儿，一生艰辛奔波，受尽了磨难绞尽了脑汁儿还解决不好。造物主大概体察到了人的无能，为了弥补人类天然的不足，给人类赋予了一个看似聪明的脑袋，于是，人类有了创造工具的能力。可是聪明反被聪明误，创造的工具往往又成了自缚的茧、杀人的刀，从此世界再无太平。

如此写下来真的是有点儿自惭形秽了。人类自封为一种高级动物，何其不堪？何其可怜？

朋友，你想不想变成一只鸟呢？

2022 年 6 月 4 日